밥 딜런 Bob Dylan

## 1960's 어쿠스틱 기타와 하모니카를 든 저항과 젊음의 상징

포크 음악에 빠져 대학 중퇴 후 가수의 꿈을 품고 뉴욕 그리니치빌리지에 정착한다. 그곳 예술가들과 교류하는 한편, 잭 케루악, T. S. 엘리엇, 윌리엄 블레이크 같은 시인들의 영향 아래 싱어송라이터로 성장한다. 「불어오는 바람 속에」를 비롯해 직접 쓴 저항의 시를 거친 목소리로 뱉어내는 모습이 미국의 젊은 세대를 사로잡는다. 60년대 중반, 저항가수라는 칭호가 새로운 음악적 시도를 구속한다고 느껴 내면의 목소리에 더욱 귀기울인다. 이후 포크록이라는 새 페르소나로 무장하고 또다른 경계를 넘는다.

## 1970's 상업적 성공 속에서도 멈추지 않는 음악적 변모

영화감독 샘 페킨파와 계약하고 「천국의 문을 두드려요」를 탄생시킨다. 1974년 1월에 발표한 앨범 《플래닛 웨이브스》가 연말까지 60만 장의 판매고를 올렸고, 이듬해에는 은둔하며 작업했던 곡들을 집대성한 《비정규 앨범》을 정식 발매한다.

## 1980's 엇갈리는 평단의 반응 속에 '네버 엔딩 투어' 시작

자신의 음악적 뿌리였던 포크와 블루스로 돌아간다. 1988년 '더 그레이트풀 데드'와 공연하며 영감을 얻어 끝나지 않는 공연 프로젝트인 '네버 엔딩 투어'를 시작한다. 투어는 향후 20년간 2500회가 넘는 공연 기록을 세운다.

## 1990~2000's 거장에게 쏟아지는 수상의 영광들

평단과 대중의 평가를 초월해 쉼 없이 앨범을 발표하며 존재 자체로 전설이 된다. 약 60년간 발표한 앨범들은 1억 장 이상 팔렸으며, 그간의 공로를 인정받아 무수한 수상의 영예를 안는다. 각 부문을 통틀어 그래미상 열세 차례, 아카데미상, 골든글로브상, 로큰롤 명예의전당 전설상, 퓰리처상 등을 받았고, 빌 클린턴 대통령으로부터 '케네디센터 명예 훈장'을, 버락 오바마 대통령으로부터 '대통령 자유 훈장'을 받았다. 그리고 2016년 "귀로 읽는 시(詩)"라는 찬사와 함께 노벨문학상을 수상했다.

밥 딜런 시선집 1

# 다시 찾은 61번 고속도로

**THE LYRICS: 1961-2012/BOB DYLAN**
by Bob Dylan

Copyright ⓒ 2004, 2014, 2016 by Bob Dylan
Korean translation copyright ⓒ 2017 Munhakdongne Publishing Corp.
All rights reserved.
This Korean edition is published by arrangement with The Wylie Agency Ltd.


이 책의 한국어판 저작권은
The Wylie Agency Ltd. 와 독점 계약한 (주)문학동네에 있습니다.
저작권법에 의하여 한국 내 보호를 받는 저작물이므로
무단 전재와 무단 복제를 금합니다.


이 도서의 국립중앙도서관 출판예정도서목록(CIP)은
서지정보유통지원시스템 홈페이지(http://seoji.nl.go.kr)와
국가자료공동목록시스템(http://www.nl.go.kr/kolisnet)에서 이용하실 수 있습니다.
(CIP제어번호: CIP2017026874)

BOB DYLAN  THE LYRICS 1961-2012

밥 딜런
시선집 1

# 다시 찾은 61번 고속도로

Highway 61 Revisited

서대경·황유원 옮김

**문학동네**

일러두기
1. 이 책은 『밥 딜런: 시가 된 노래들 1961-2012』(영한대역 특별판)에서 52편의 작품을 골라 엮은 것이다.
2. 주석은 모두 옮긴이주다.
3. 인명, 지명 등 외래어는 국립국어원의 외래어표기법을 따랐으나 일부는 관습 표기를 존중했다.

# 차례

# 뉴욕의 불경기

오세요, 숙녀분들, 신사분들, 내 노랠 들어봐요
내가 제대로 불러도 여러분은 틀렸다 생각할지 모르죠
내가 이제 부르려는, 여러분이 다들 잘 아는
이스트코스트의 어느 도시에 대한 내 노래를 얼마 듣지도
않고서 말이죠
지금은 뉴욕에서 살아가기
어려운 시절

옛 뉴욕은 정답고 오래된 도시였지
워싱턴하이츠부터 그 밑으로 쭉 내려가 할렘까지
온 거리에 바글대는 인간들
당신이 일어서면 발로 차고 당신이 앉으면 두들겨패지
지금은 뉴욕에서 살아가기
어려운 시절

골든게이트에서부터 록펠러플라자까지,
그리고 엠파이어스테이트까지는 꽤나 먼 거리
록펠러 씨는 새처럼 높은 곳에 자리잡고
늙은 엠파이어 씨는 도통 말이 없다네
지금은 뉴욕에서 살아가기
어려운 시절

음, 일자리 구하려고 아침에 일어나
한곳에 서 있지, 발이 아파올 때까지

돈만 많으면 얼마든지 즐길 수 있다네
가진 게 달랑 5센트 동전 한 닢뿐이라면, 뭐 스태튼 페리*나
타야지
그리고 지금은 뉴욕에서 살아가기
어려운 시절

허드슨 씨는 강을 따라 항해하고
늙은 미뉴에트 씨는 자신의 꿈을 위해 대가를 치렀지**
그가 당신의 도시를 샀지, 그건 돌이킬 수 없는 일
나였으면, 바로 되팔았을 텐데
그리고 지금은 뉴욕에서 살아가기
어려운 시절

나라면 그 돈으로 캘-리-포-니-아 하늘의 스모그를 사겠어
오클라호마 평원의 흙먼지 한 톨까지
로키마운틴 광산 동굴의 흙알갱이 한 알까지 몽땅 사겠어
적어도 그것들이 뉴욕스러운 것들보단 훨씬 깨끗하지
그리고 지금은 뉴욕에서 살아가기
어려운 시절

호사가들이여, 뉴스를 온 사방에 퍼뜨리라
당신들은 내 이야기를 들을 수 있고, 내 노래를 들을 수 있지
내 이름을 짓밟을 수 있고, 날 두들겨팰 수도 있지
뉴욕을 뜨는 날, 난 내 힘으로 서겠어

그리고 지금은 뉴욕에서 살아가기
어려운 시절

* 무료로 운행된다.
** 1609년 영국의 탐험가 H. 허드슨이 맨해튼섬을 탐험했고, 1626년 네덜란드 총독 F.
미뉴에트가 원주민에게서 이 섬을 매입했다.

# 베어마운틴* 피크닉 대참사 토킹블루스**

어느 날 광고를 보았지
내 눈에 들어온 건 바로 베어마운틴 피크닉
"어서 오세요, 함께 여행을 떠나요
배로 그곳까지 태워드립니다
아내, 아이들 동반 환영
온 가족 동반 환영"
오호!

그 길로 바로 샀지,
베어마운틴 피크닉 티켓을
그땐 몰랐지,
이 깜짝 피크닉이
마운틴과 아무 상관 없다는 걸
마운틴은커녕 베어 근처도 못 갔지

아내와 아이들 데리고 항구에 갔지
육천 명의 사람들이 그곳에 있었네
다들 피크닉 티켓 손에 들고
"음, 뭐 괜찮아," 내가 말했지, "그래도 배가 꽤 크니까,
사람이 많을수록 더 즐거운 법이지"

그렇게 우린 배에 탔지, 그래서 무슨 일이 벌어졌을까
그 고물 보트가 가라앉기 시작했다네
사람들은 한쪽으로 몰려 무더기처럼 쌓이고

고물 배는 천천히 아래로 기울었지
시작부터 일이 재미있어지는걸

그리고 머지않아 아이들과 아내가 보이지 않았지
평생 그렇게 많은 사람 본 적 없었어
고물 배가 바다로 잠겨드는 동안
육천 명의 사람이 서로 죽이려 기를 썼지
개들은 짖어대고 고양이들은 야옹야옹
여자들이 비명 지르고 주먹은 허공을 날고 아기들이 울고
경비원이 달려들고 난 도망치고
피크닉은 그쯤에서 취소하는 게 나았을 거야

마구 떠밀리고 마구 밀치고
들리는 건 오직 비명소리뿐
그러곤 기억나는 게 없지
어느 작은 해변가에서 내가 깨어났다는 것 말고는
머리는 깨지고 갈비뼈는 부러지고
발바닥은 찢어지고 옷은 벗겨져 알몸뚱이로……
그래 안 죽은 게 어디야

관 밖으로 기어나온 듯한 기분으로
피크닉 가방 찾아 집어들고
아내와 아이들 챙겨 집으로 출발했지
차라리 그날 아침엔 침대 밖으로 나가지도 말았어야 하는

건데

자 그래, 난 당신들이 무얼 하건 상관 안 해,
피크닉을 가고 싶으시다면 뭐, 그러시든지
단 나한테 피크닉 얘긴 꺼내지 마, 그런 얘기 안 듣고 싶어
왜냐하면, 알잖아, 난 피크닉이라면 정나미가 떨어졌어
난 내 부엌에, 욕실에 머무르면서
나만의 피크닉을 즐길 거야……

자 그래, 내겐 피크닉 얘기가 그리 재밌게 들리지 않아
그게 다 누가 돈 벌려고 벌이는 짓이지
하루가 멀다 하고 신종 사기가 생겨나는 세상이잖아
남의 돈 털어먹으려고 말이야
그런 인간들은 잡아다가
보트에 태워 피크닉을 보내주는 게 좋겠어
저기 저 베어마운틴으로……

* 미국 뉴욕주 허드슨강 양쪽 기슭의 산맥 허드슨하이랜즈의 한 봉우리.
** 포크송의 한 형식으로, 자유로운 리듬에 푸념 섞인 이야기를 늘어놓는 노래.

## 존 버치 편집증 토킹블루스

난 슬프고 울적했어
그놈의 공산주의자놈들이 활개를 치고 다니는데
대체 뭘 어쩌면 좋은가 싶었지
하늘에도 공산주의자들
땅 위에도 공산주의자들
놈들 때문에 한시도 평화로울 수 없었지……

그래서 다급히 수소문한 끝에
존 버치 협회*에 가입했지
비밀회원증을 발급받고
그제야 당당히 길을 갈 수 있었지
야호, 이제 난 어엿한 존 버치 회원!
공산주의자놈들, 이젠 조심하는 게 좋을걸!

이제 우린 다들 히틀러의 견해에 찬성해
그가 육백만 명의 유대인을 죽였더라도 말이야
그가 파시스트였다는 건 크게 중요치 않아
어쨌거나 당신도 그가 공산주의자라고는 말 못하겠지!
그건 감기에 걸렸는데 말라리아 주사 맞겠다는 소리지

더러운 빨갱이놈들 찾아 어디든 쑤시고 다녔지
아침에 일어나면 침대 밑을 들여다보고
싱크대도 들여다보고 문 뒤도 보고
내 차 조수석 글러브 박스도 뒤졌는데

찾을 수가 없었지……

놈들 찾으려 위도 보고 아래도 보았지
싱크대도 들여다보고 의자 밑도 보고
굴뚝 구멍도 올려다보고
머리 처박고 변기 안도 살폈건만
전부 도망가버렸어……

난 집에 홀로 앉아 땀을 흘리기 시작했어
놈들이 내 TV 속에 숨어 있을 거라는 생각이 들어서
놈들이 브라운관 뒤에서 바깥을 흘끔거리고 있었지
전율이 발끝에서 곧장 머리로 전해졌어
그놈들 빨갱이들 짓이었지!
난 알지 그놈들 짓이란 걸…… 골수까지 빨갱이놈들

난 직장을 그만뒀지, 온전히 혼자 일하려고 말이야
이름도 셜록 홈스로 바꿨어
내 수사 가방에서 꺼낸 몇 가지 실마리를 따라가봤지
성조기에 붉은 줄무늬가 있다는 걸 발견했어!
그렇다면 그 늙은 벳시 로스**도……

도서관의 책들도 몽땅 다 조사했지
그중 90퍼센트는 태워버려야 할 것들이었어
내가 아는 사람들도 전부 조사했어

그중 98퍼센트는 감옥에 가야 해
나머지 2퍼센트는 존 버치 협회 회원이었어…… 바로 나처럼

그리고 아이젠하워, 러시아 스파이지
링컨, 제퍼슨, 그리고 루스벨트 그 작자도
내가 알기로 진정한 미국인이란
딱 한 사람뿐, 바로 조지 링컨 록웰***이지
그가 공산주의자를 끔찍이 싫어한다는 사실을 알아, 왜냐면
그는 〈엑소더스〉 상영관 앞에서 시위를 했거든

그리고 마침내 난 똑바로 생각하기 시작했어
조사할 만한 건 전부 뒤져봤으니
딱히 달리 할 일을 찾지 못했거든
그래서 이제 난 집에 앉아 나 자신을 조사하기 시작했네!
부디 아무것도 찾지 못하길…… 으음, 맙소사!

* 1958년 로버트 W. 웰치 주니어가 공산주의 타도를 주창하며 세운 미국의 극우단체.
** 성조기를 최초로 제작했다고 알려진 인물(1752~1836).
*** 미국 나치당 창립자(1918~1967).

# 에밋 틸*의 죽음

이것은 그리 오래되지 않은 과거에 미시시피에서 있었던
이야기
이제 막 남부에 발을 들인, 시카고 출신 어린 남자애에게
벌어진 이야기
난 지금도 똑똑히 기억하고 있지, 그 아이에게 벌어졌던
끔찍한 비극을
피부는 검었고, 이름은 에밋 틸이라 했지

한 무리의 사람들이 그 아이를 헛간으로 끌고 가 마구
두들겨팼지
그럴 만한 이유가 있었다고 그들은 말했지만, 난 그게
뭐였는지 기억나지 않아
그들은 아이를 고문했고 차마 입에 담을 수 없을 짓을
아이에게 했어
헛간에선 비명소리 들렸고 바깥 거리에선 사람들 키득대는
소리 들렸지

핏빛 비는 내리고, 그들은 아이의 몸뚱이 데굴데굴 굴려
만濟으로 데려갔지
그리고 바다로 아이를 던졌지, 아이의 고통스러운 비명을
멈추기 위해
거기서 아이를 죽인 건 말이야, 이건 절대 거짓말이 아닌데,
그저 죽이는 게 재미있어서였지, 아이가 천천히 죽어가는 걸
지켜보는 게

온 미국에 재판을 요구하는 성난 목소리 일었고, 그 소리 잠재우려
 한 형제가 자신들이 불쌍한 에밋 틸을 죽였노라 자백했지
 배심원 중에는 이토록 끔찍한 범죄를 저지른 그들을 돕는 자들이 있었다네
 하여 재판은 엉터리로 진행되었지만 누구도 그리 신경쓰는 것 같진 않았어

 그날 아침 신문 펼쳤을 때 차마 오래 볼 수 없었지
 법원 계단을 걸어내려오는 형제의 그 미소 띤 얼굴을
 배심원들은 무죄를 선고했고 형제는 유유히 풀려났지
 그러는 사이 에밋의 시신은 짐 크로**의 남쪽 바다 물거품 위로 둥둥 떠다녔고

 당신이 이런 일들에, 너무도 불의한 범죄에 맞서서 목소리를 내지 못한다면
 당신의 눈은 죽은 자의 흙으로 채워져 있을 테고, 당신의 마음엔 먼지가 잔뜩 쌓여 있을 거야
 당신의 팔다리엔 틀림없이 족쇄와 사슬이 채워져 있을 테고, 당신의 피는 더이상 흐르기를 원치 않을 거야
 정말 그러하다면 인류는 그냥 똥구덩이에나 처박히는 게 낫지!

이 노래는 다만 당신의 이웃들을 일깨우기 위한 것
  오늘도 여전히 이런 일들이 저 유령 복장을 한 KKK단
안에서 벌어지고 있다는 것을,
  하지만 우리가 뜻을 함께한다면, 할 수 있는 모든 노력 다
한다면
  우리의 이 위대한 나라를 한층 더 살기 좋은 곳으로 만들 수
있다는 것을

* 1955년 미시시피주에서 백인 여성을 희롱했다는 확인되지 않은 이유로 집단 린치를
당한 끝에 사망한 흑인 소년.
** 1830년대 미국 코미디 뮤지컬에서 백인 배우가 연기해 유명해진 바보 흑인 캐릭터의
이름으로, 흑인에 대한 대표적인 멸칭으로 쓰였다.

# 달리는 기차

수년째 달려가는 무쇠기차 있네
증오의 화실火室과 공포의 용광로가 달린
그것이 내는 소리 들어보았다면, 그 찌그러진 핏빛 형체 본
적 있다면
그렇다면 그대, 내 노래하는 목소리 들었으리, 내 이름 알고
있으리

멈춰 서서 궁금해한 적 있는가, 그 기차가 품은 증오에 대해?
본 적 있는가, 그 기차의 승객들을, 그들의 광기와 혼돈의
영혼을?
저 기차를 멈춰 세워야 한다고 생각해본 적 있는가?
그렇다면 그대, 내 노래하는 목소리 들었으리, 내 이름 알고
있으리

그대 머릿속을 두드리는, 그대 귓속에 퍼부어대는
저 공포의 설교에 진력난 적 있는가?
그것에 대해 물었으나 어디서도 분명한 대답을 얻지
못했는가?
그렇다면 그대, 내 노래하는 목소리 들었으리, 내 이름 알고
있으리

세상의 지도자들은 이해하고 있을까
그들이 내 손에 남긴 이 살의로 가득한 세상
그대도 한밤에 깨어 나와 같은 의문에 사로잡힌 적 있는가?

그렇다면 그대, 내 노래하는 목소리 들었으리, 내 이름 알고
있으리

그대 옆에 선 사람이 길을 잃었을지 모른다고
소리 내어 말하거나 마음속으로 속삭여본 적 있는가?
미치광이들의 광란이 그대의 내면을 광기로 몰아가는가?
그렇다면 그대, 내 노래하는 목소리 들었으리, 내 이름 알고
있으리

살의에 찬 미치광이 강도들, 증오로 가득한 자들이 그대를
절망케 하는가?
저 온갖 설교와 정치 얘기에 머리가 펑펑 도는 것만 같은가?
불타오르는 버스들이 그대의 마음을 아프게 하는가?
그렇다면 그대, 내 노래하는 목소리 들었으리, 내 이름 알고
있으리

# 난 자유로워질 거야

이봐, 어젯밤 느지막이 내게 여자가 생겼어
난 사분의 삼쯤 취해 있었고, 그녀는 초조해 보였지
그녀는 핸들을 떼어내고, 종을 던져버렸어
가발을 벗었지, 그리고 말하길, "내 냄새 어때?"
난 부리나케 달려갔네…… 발가벗은 채로……
창밖으로!

글쎄, 이따금 난 취할지도 몰라
오리처럼 걷고 스컹크처럼 발을 구를 거야
날 아프게 하지 마, 내 자존심을 건드리지 말라고
내 예쁜 아가씨가 바로 내 곁에 있으니까
(바로 그곳에
더없이 자랑스럽게)

낡은 장작 헛간에 그림을 그리며 난 거기 있었네
검은 페인트 한 통이 내 머리 위로 떨어졌을 때 말이지
그걸 북북 문질러 씻으러 갔지만
욕조 뒤에 난 앉아 있어야만 했다네
(십오 분이 걸렸어
그리고 난 빨리 나와야 했지……
누군가가 들어와 사우나를 하고 싶어하는 바람에)

글쎄, 내 전화기가 울렸어, 멈추질 않았지
케네디 대통령이 내게 건 전화였어

그가 말하길, "이보게, 밥, 이 나라를 '크게' 하려면 우리에게
무엇이 필요하지?"
나는 말했네, "이보게, 존, 브리짓 바르도
아니타 에크베르
소피아 로렌"
(어니스트 보그나인과 그녀들을 죄다 한방에 두라고!)


이봐, 내겐 아기 침대 위에서 자는 여자가 있지
엄청나게 소리지르고 고함치고 꽥꽥거리네
내 얼굴을 핥고 내 귀를 간지럽혀
나를 부려먹고는 맥주를 사준다네
(그녀는 신혼여행객이야
조용한 사랑 노래를 부르는 6월의 사람
숟가락으로 떠먹여주는 사람
그리고 타고난 지도자)


오, 내가 아무리 힘들게 일해봤자 아무 소용 없네
내 여자는 제방에서 일하지
펌프질로 물을 끌어올리는 일에 열심이야
그녀는 매주 내게 한 달 치 수표를 보내주네
(그녀는 끝내줘
포크 가수지
내가 잊은 누군가를
쏙 빼닮은 사람)

주중 어느 날 늦은 시각에
난 눈이 감겼고 반쯤 잠들어 있었지
한 여자를 쫓아 언덕 위로 올라갔어
공습 훈련이 한창일 때
그건 작은 보피프*였네!
(난 방사능 낙진 대피소로 뛰어들었지
강낭콩 줄기에 뛰어들었어
대관람차로 뛰어들었네)

이번엔 가판대에 있는 남자가 내 표를 원해
그는 입후보자 명단에 이름을 올리지
뾰족탑 앞에서 설교를 하고 있어
온갖 종류의 사람들을 사랑한다고 내게 말하고 있네
(그는 베이글을 먹고 있어
피자를 먹고 있어
돼지 곱창을 먹고 있어
소똥을 먹고 있어!)

오, 난 TV를 바닥에 내려놓았어
채널을 4번으로 돌릴 거야
샤워실에서 성인 남자 하나가 나왔네
손에 헤어 오일 한 병을 든 채로
(기름투성이 어린애들 물건이지

그러니까, 미스터 풋볼 맨, 내가 알고 싶은 건 말이야
윌리 메이즈, 그리고 율 브리너
샤를 드골
그리고 로버트 루이스 스티븐슨에게 당신은 무슨 짓을 하는
거지?)

글쎄, 내가 본 중에 가장 웃긴 여자는
미스터 클린**의 증손녀였어
하루에 목욕을 열다섯 번쯤 하고
내 얼굴에 시가를 기르고 싶어하지
(그녀는 좀 육중해!)

글쎄, 왜 내가 늘 취해 있는 건지 물어봐줘
그건 날 침착하게 해주고 내 마음을 달래주네
난 그저 걷고 산책하고 노래해
더 나은 시절을 보고, 더 나은 일들을 하지
(난 공룡을 잡아
엘리자베스 테일러와 사랑을 나누네······
리처드 버턴에게 혼쭐이 나!)

* 영국 동요에 나오는 양을 놓친 여자아이.
** 미국 '프록터 앤드 갬블'에서 생산하는 청소용품 브랜드이자 마스코트의 이름.

# 붉은 날개*의 장벽

오, 수감자들의 시대여
난 아주 멋대로 기억하네
열두 살보다 어리진 않았고
열일곱 살보다 더 되진 않았어
노상강도들처럼 처넣어졌지
범죄자들처럼 내던져졌어
장벽 안으로
붉은 날개의 장벽 안으로

더럽고 낡은 급식소에서
너희는 큰 장벽을 향해 행진해
대화를 나누기엔 너무 피곤하지
그리고 노래하기엔 너무 지쳤어
오, 오후 내내 그렇게
너희는 고향을 생각하지
장벽 안에서
붉은 날개의 장벽 안에서

오, 문은 무쇠로 되어 있어
그리고 장벽엔 철조망이 둘러졌지
멀리 떨어져 있도록 해
찌릿한 전기 담장에서 말이야
그리고 남들의 관심을 끌지 마
너희 무리 속에 있으라고

장벽 안에서
붉은 날개의 장벽 안에서

오, 이제 작별이네
깊고 텅 빈 지하 감옥과
너희를 영화관으로 인도해주던
판잣길과도 작별
그리고 저들이 너희를 협박하던
소송 기록과도 작별이지
장벽 안에서
붉은 날개의 장벽 안에서

그 많은 경비원들이
우두커니 선 채로 웃고 있어
곤봉을 들고서
마치 자신이 왕이었다는 듯
나무 말뚝 뒤에서
너흴 잡길 기대하고 있어
장벽 안에서
붉은 날개의 장벽 안에서

밤은 어둠을 겨냥했지
가로대가 달린 창을 통해서
그리고 바람은 세차게 때려댔어

벽에 붙은 판자들에서 노랫소리가 날 만큼
그 많은 밤을
나는 잠든 척했었네
장벽 안에서
붉은 날개의 장벽 안에서

수용소 지붕널 위로
빗소리 요란했을 때
밤에 들리던 그 소리는
내 귀를 울려댔지
경비원들의 열쇠가
찰칵, 아침의 멜로디를 들려줄 때까지
장벽 안에서
붉은 날개의 장벽 안에서

오, 우리 중 몇몇은 결국
세인트클라우드 감옥으로 가고 말 거야
그리고 우리 중 몇몇은
변호사나 뭐 그런 게 되고 말겠지
또 우리 중 몇몇은 일어나
너희의 중요한 갈림길에서 너흴 맞이할 거야
장벽 안으로부터
붉은 날개의 장벽 안으로부터

* '레드 윙'은 미네소타에 있는 청소년 교정시설의 이름이기도 하다.

# 누가 데이비 무어*를 죽였나?

누가 데이비 무어를 죽였나
왜, 그리고 무엇 때문에?

"난 아냐," 심판은 말하네
"날 지목하진 말아줘
내가 8회전 때 경기를 멈출 수도 있었고
아마 그의 운명을 바꿀 수도 있었겠지
하지만 관중들이 야유를 보냈을 거야, 분명해
그러면 돈값을 못했을 테니
그가 그렇게 된 건 정말 유감이야
하지만 있잖아, 내게도 압박이 있었어
그는 나 때문에 쓰러진 게 아냐
아니라고, 당신은 날 결코 비난할 수 없어"

누가 데이비 무어를 죽였나
왜, 그리고 무엇 때문에?

"우린 아니에요," 성난 관중들이 말하네
경기장을 큰 함성으로 가득 메웠던 이들이
"그날 밤 그가 죽은 건 정말 유감이에요
하지만 우린 그저 경기 보는 걸 즐길 뿐이라고요
그가 죽음을 맞이하길 바랐던 게 아니에요
우린 그저 땀이나 좀 흘리는 걸 보려 했을 뿐이죠
그게 잘못은 아니잖아요

그는 우리 때문에 쓰러진 게 아니라고요
아뇨, 당신은 우릴 결코 비난할 수 없어요"

누가 데이비 무어를 죽였나
왜, 그리고 무엇 때문에?

"난 아냐," 그의 매니저는 말하네
커다란 시가를 뻐끔거리며
"뭐라 말하기가 어려워, 잘 모르겠군
난 늘 그가 건강하다고 생각했다니까
부인과 아이들이야 정말 안됐지만
그런데 만일 아팠다면 나한테 말을 했어야지
그는 나 때문에 쓰러진 게 아니라고
아냐, 당신은 날 결코 비난할 수 없어"

누가 데이비 무어를 죽였나
왜, 그리고 무엇 때문에?

"난 아니라고," 도박꾼은 말하네
입장권 반쪽을 여전히 손에 든 채
"그를 쓰러뜨린 건 내가 아니잖아
난 그에게 손끝 하나 댄 적 없다고
난 추악한 죄를 저지르지 않았어
어쨌거나, 난 그가 승리한다는 데 돈을 걸었지

그는 나 때문에 쓰러진 게 아니라고
아냐, 당신은 날 결코 비난할 수 없어"

누가 데이비 무어를 죽였나
왜, 그리고 무엇 때문에?

"난 아냐," 복싱 기자는 말하네
자신의 낡은 타자기를 요란하게 두들기며
"복싱을 비난할 순 없지
미식축구에도 그만한 위험은 존재하잖아"
그가 말하네, "주먹싸움은 생활의 일부야
그저 오래된 미국 문화일 뿐이지
그는 나 때문에 쓰러진 게 아니라고
아냐, 당신은 날 결코 비난할 수 없어"

누가 데이비 무어를 죽였나
왜, 그리고 무엇 때문에?

"난 아니에요," 주먹으로 그를 때려눕혀
안개구름 속으로 보내버린 그 남자가 말하네
그는 쿠바에서 왔지
더는 복싱이 금지된 그곳에서
"내가 그를 쳤어요, 그래요, 그건 사실이죠
하지만 난 그걸로 먹고사는걸요

'살인'이니 '살해'니 떠들지 말아요
그건 운명이었어요, 신의 뜻이었다고요"

누가 데이비 무어를 죽였나
왜, 그리고 무엇 때문에?

* 미국 권투선수. 1963년 3월 21일 슈거 라모스에게 KO패 한 후 심각한 뇌 손상을 입고
나흘 뒤 사망했다(1933~1963).

## 일곱 가지 저주

늙다리 라일리가 종마를 훔쳤어
하지만 그들이 그를 붙잡아 다시 데리고 왔지
그리고 그를 감옥 바닥에 눕혀버렸네
목에 쇠사슬을 감아서

늙다리 라일리의 딸이 전갈을 받았지
아버지가 교수형을 당할 거라고
밤새 달린 그녀는 낮이 되어 도착했어
손에 금과 은을 들고서

판사가 라일리의 딸을 봤을 때
그는 교활한 눈으로 머리를 굴리기 시작했지
그러더니 말하길, "금으로도 당신 아버지를 자유롭게 할 수
없을 거야
그 대가는, 아가씨, 당신으로 대신하지"

"오 이제 난 죽은 목숨이나 다름없어," 라일리가 외쳤네
"그자가 원하는 건 오직 너뿐이야
그가 네 털끝 하나라도 건드리는 날에는 내 온몸에 소름이
돋을 거다
말을 타고 얼른 떠나버리럼"

"오 아버지, 당신은 분명 죽게 되겠죠
제가 이 기회를 붙잡아 대가를 치르려 하지 않는다면

그리고 아버지의 충고를 듣는다면 말이에요
그러니 전 머물러야만 해요"

교수대의 어둠이 그 저녁을 떨게 했네
사냥개가 으르렁거리던 밤에
그 주변이 신음하던 밤에
대가가 치러진 밤에

다음날 아침, 그녀는 깨어나
판사가 약속을 어겼다는 걸 알게 됐네
목매다는 가지가 구부러진 걸 봤지
아버지의 몸뚱이가 주검이 된 걸 봤어

그토록 잔인한 판사에게 일곱 가지 저주가 있을지니,
한 명의 의사도 그를 구해주지 않을 것이며
두 명의 치료사도 그를 치유해주지 않을 것이며
세 개의 눈도 그를 보지 않을지어다

네 개의 귀도 그의 말을 듣지 않을 것이며
다섯 개의 벽도 그를 숨겨주지 않을 것이며
여섯 명의 무덤 파는 사람들도 그를 묻어주지 않을지어다
그리고 일곱 번의 죽음도 그를 죽게 하지 못할지어다

## 시대는 변하고 있다


사람들이여 한데 모이라
그대가 떠돌고 있는 그곳 어디든
그대 주위로 물이
점점 차오르고 있음을 인정하라
그리고 받아들이라 곧
그대가 뼛속까지 흠뻑 젖으리라는 걸
그대의 시간이 그대에게 아낄 가치가 있는 것이라면
헤엄치는 게 좋을 것이다, 그러지 않으면 돌처럼
가라앉으리라
시대가 변하고 있으므로

펜으로 예언을 설하는
작가들, 비평가들이여 오라
항상 눈을 크게 뜨고 있으라
기회는 다시 오지 않으리니
또한 너무 성급히 말하지 말라
바퀴는 여전히 돌아가고 있으며
그것에 이름 붙일 자 아직 아무도 없으니
지금의 패자는 훗날의 승자가 될 것이므로
시대가 변하고 있으므로

상하원의원들이여 오라
사람들의 요구를 경청하라
출입구를 막아서지 말라

홀을 틀어막지 말라
결국 상처 입는 건
시간을 벌려는 자이니
바깥에선 싸움이 일어나 갈수록 치열해진다
그것이 곧 그대의 창문을 덜컹거리게 하고 그대의 벽을
뒤흔들리라
시대가 변하고 있으므로

이 땅의 모든
어머니, 아버지들이여 오라
그대들이 이해하지 못하는 것들에 대해
비난하지 말라
그대의 아들딸들은
그대들의 통제를 넘어섰다
그대들이 따르던 옛길은 빠르게 낡아가고 있다
힘을 보탤 수는 없더라도 새것의 앞을 막아서진 말라
시대가 변하고 있으므로

선이 그어진다
저주가 내려진다
지금 느린 것은
훗날 빠른 것이 될 것이다
지금의 현재가
훗날의 과거가 되듯

세상의 질서는 급속히 쇠락하고 있으며
지금의 처음은 훗날의 마지막이 되리*
시대가 변하고 있으므로

* 신약성서 「마르코의 복음서」 10장 31절. '그런데 첫째가 꼴찌가 되고 꼴찌가 첫째가 되
는 사람이 많을 것이다'의 인유.

## 해티 캐럴*의 외로운 죽음


윌리엄 잔징어가 불쌍한 해티 캐럴을 죽였다
다이아몬드 반지 낀 손으로 지팡이 휘둘렀지
볼티모어의 한 호텔 사교 모임에서
그리고 신고받은 경찰들이 와 그의 무기 빼앗았고
경찰서 데려가 구치소에 수감시켰다
그리고 윌리엄 잔징어를 1급 살인죄로 기소했다
그러나 불명예를 논하고 두려움을 논평하는 당신들이여
얼굴을 덮은 그 천을 치우라
지금은 당신들이 눈물 흘릴 때 아니니

윌리엄 잔징어는 스물네 살
육백 에이커 되는 담배농장의 소유주였다
도와주고 보호해줄 부자 부모 있었고
메릴랜드 정치계 거물들과 친분이 있었다
그는 자신이 저지른 짓에 대해 어깨를 으쓱해 보였고
욕하고 조롱하며 그의 혀는 연신 으르렁댔고
얼마 뒤 보석금 내고 풀려나왔다
그러나 불명예를 논하고 두려움을 논평하는 당신들이여
얼굴을 덮은 그 천을 치우라
지금은 당신들이 눈물 흘릴 때 아니니

해티 캐럴은 주방에서 일하는 여자였다
나이는 쉰하나, 아이는 열을 낳았고
접시 나르고 쓰레기 치웠지

테이블 상석에 한 번도 앉아본 적 없었다
테이블 손님들과 말 한 번 해본 적 없었다
그저 테이블의 남은 음식 치우고
재떨이 비워 새로 갖다놓을 뿐
그런 그녀가 얻어맞아 죽었다, 지팡이에 맞아 쓰러져 죽었다
허공 가르며 방안으로 들어온 그 지팡이가
모든 온화함을 사정없이 때려부줬다
그녀는 윌리엄 잔징어에게 그 어떤 짓도 하지 않았음에도
그러나 불명예를 논하고 두려움을 논평하는 당신들이여
얼굴을 덮은 그 천을 치우라
지금은 당신들이 눈물 흘릴 때 아니니


명예로운 법정에서 판사는 법봉 두드렸다
마치 만인은 평등하고 법정은 치우치지 않으며
법조문들은 조종당하지도 설득당하지도 않으며
일단 경찰이 잡아온 자라면
아무리 지체 높은 자라도 합당하게 처리된다고
법의 사다리엔 꼭대기도 밑바닥도 없다는 것을
보여주려는 듯
느닷없이, 그냥 기분이 그래서, 아무런 이유 없이
사람을 죽인 그자를 응시하면서
판사는 법복을 뚫고 울려오는 낭랑한 음성으로
엄중히 형을 선고했다
윌리엄 잔징어에게, 6개월 징역형을

오, 그러나 불명예를 논하고 두려움을 논평하는 당신들이여
얼굴을 천에 깊이 묻으라
이제는 당신들이 눈물 흘릴 시간이니

* 1963년 2월 새벽, 볼티모어의 한 호텔 주방에서 일하던 해티 캐럴은 만취한 윌리엄 잔트징어(William Zantzinger)에게 폭행당해 숨졌다. 잔트징어는 과실치사로 징역 6개월을 선고받았다. 밥 딜런은 잔트징어의 이름 철자에서 't'를 뺐다.

## 단지 한 명의 부랑자

어느 날 모퉁이를 돌아가다가
문 앞에 누워 있는 한 늙은 부랑자를 보았네
그의 얼굴 차가운 인도 바닥에 처박혀 있었네
지난밤 내내, 어쩌면 그보다 더 오래 그곳에 있었으리

단지 한 명의 부랑자, 하지만 죽은 또 한 사람
자신의 슬픈 노래 불러줄 누구도 남기지 못하고
자신을 집으로 데려다줄 누구도 남기지 못하고
단지 한 명의 부랑자, 하지만 죽은 또 한 사람

머리엔 신문지를 이불 삼아 덮고
도로 턱은 베개, 거리는 침대로 삼고
그간 걸어온 힘겨운 길 보여주는 그의 얼굴
한 움큼의 동전은 그가 구걸해 모은 재산의 전부

단지 한 명의 부랑자, 하지만 죽은 또 한 사람
자신의 슬픈 노래 불러줄 누구도 남기지 못하고
자신을 집으로 데려다줄 누구도 남기지 못하고
단지 한 명의 부랑자, 하지만 죽은 또 한 사람

한 사람이 자신의 평생이 아래로 꺼져드는 것을 보기까지
흙구덩이에서 세상을 올려다보기까지
절름발이 말 같은 자신의 미래를 기다리기까지
시궁창에 누워 이름 없이 죽기까지 과연 오랜 시간이

필요한가?

　단지 한 명의 부랑자, 하지만 죽은 또 한 사람
　자신의 슬픈 노래 불러줄 누구도 남기지 못하고
　자신을 집으로 데려다줄 누구도 남기지 못하고
　단지 한 명의 부랑자, 하지만 죽은 또 한 사람

## 난 자유로워질 거야 No. 10

난 그냥 평균이야, 보통이기도 하지
그냥 그랑 비슷해, 너랑 똑같아
난 모두의 형제이자 아들
누구와도 다르지 않아
나한테 얘기해봤자 아무 소용 없지
그건 너랑 이야기하는 거랑 똑같으니까

난 그날 일찍 섀도복싱을 하고 있었어
캐시어스 클레이*를 상대할 준비가 됐다고 생각했지
난 말했어, "피, 파이, 포, 펌, 캐시어스 클레이, 내가 나가신다
26, 27, 28, 29, 네 얼굴을 꼭 내 얼굴처럼 만들어놓을 테다
오, 사, 삼, 이, 일, 캐시어스 클레이, 도망치는 게 좋을 거야
99, 100, 101, 102, 네 엄마도 못 알아볼 꼴이 되고 말 테니
14, 15, 16, 17, 18, 19, 화도 내지 못하게 깨끗이 쓰러뜨려버릴
거야"

글쎄, 잘 모르겠어, 하지만 난 들었어
천국의 거리에는 황금이 늘어서 있다고
난 네게 물어, 어떻게 상황이 더 나빠질 수 있느냐고
만일 러시아놈들이 그곳에 먼저 도착하게 된다면
우위이이! 꽤나 무섭군!

자, 난 진보적이야, 하지만 어디까지나
모두가 자유롭길 바라는 선까지만 그렇지

하지만 배리 골드워터**가 옆집으로 이사 와
내 딸과 결혼하는 걸 내가 그냥 놔둘 거라 생각한다면
분명 넌 날 미친놈으로 아는 거야!
쿠바에 있는 농장을 몽땅 다 준다 해도 그 꼴은 못 봐줘

이봐, 난 내 원숭이를 통나무 위에 올려놨었어
그리고 개 흉내를 내라고 명령했지
녀석이 꼬리를 흔들고 고개를 끄덕이더군
그러더니 대신에 고양이 흉내를 내는 거야
참 이상한 원숭이야, 정말 웃기지

난 굽 높은 스니커즈를 신고 앉아 있었어
정오의 태양 아래서 테니스 치기를 기다리며
흰 반바지는 허리 위까지 접어 올렸고
내 가발 모자는 얼굴 위로 흘러내리고 있었어
하지만 그들은 날 테니스 코트에 들여보내주려 하지 않았지

내게는 여자가 있어, 그녀는 정말 못됐어
내 부츠를 세탁기에 집어넣지
내가 벌거벗고 있을 땐 내게 산탄을 박아넣고
내 음식에는 풍선껌을 집어넣지
웃기는 여자야, 내 돈을 원하지, 나를 '자기야'라고 부르면서

이제 내겐 친구가 생겼네

보이 나이프***로 내 사진을 찌르며 평생을 보내는 친구가
스카프로 날 목 졸라 죽이는 꿈을 꾸는 녀석이지
내 이름이 들리면 토하는 척을 해
내겐 정말 많은 친구들이 있다고!

이제 그들은 내게 시를 읽어달라고 부탁해
여학생 클럽 자매의 집에서 말이야
난 뻗어버렸고 머리는 어질어질했어
결국 난 여대 학과장을 만나고야 말았지
예히! 나는 시인이야, 난 그걸 알아
일을 망치지 않았으면 좋겠어

난 머리를 발치까지 기를 거야, 정말 이상하겠지
걸어다니는 산맥처럼 보이게
그러고는 말을 타고 오마하로 달려갈 테야
컨트리클럽이랑 골프 코스로
〈뉴욕타임스〉를 들고 갈 거야, 홀 몇 개에 샷을 날릴 거야,
그들을 뿅 가게 만들 거라고

이제 지금쯤 당신네들은 아마 의아할 테지
이 노래가 대체 뭘 말하려는 건지
아마 당신네들을 더욱더 당황시키는 게
바로 이 노래의 이유일 거야
아무것도 아니야

그저 내가 멀리 영국에서 배워온 거라니까

* 이슬람교로 개종하기 전 무하마드 알리(1942~2016)의 이름.
** 미국 정치인(1909~1998).
*** 사냥용 칼.

## 라모나에게


라모나
더 가까이 와
젖은 두 눈을 가만히 감아
네 슬픔의 에는 듯한 아픔은
감각이 살아나면서 사라질 거야
도시의 꽃들은
비록 숨결 같지만
때론 죽음 같아져
애써 죽음을 상대하려 할
필요는 없어
비록 난 그걸 말로 설명할 순 없지만

갈라지고 거친 네 입술에
여전히 키스하고 싶어
네 살결에 사로잡히고 싶은 만큼이나
네 매력적인 움직임은
여전히 나의 순간을 사로잡지
하지만 마음이 아파, 내 사랑
존재하지 않는 세상의
한 부분이 되려 하는 너를 보면
그건 다 꿈일 뿐이야, 자기야
공허야, 음모지, 자기야
그런 건 널 이런 기분에 빠려들게 한다고

네 머리는
뒤틀리고 세뇌당했구나
누가 쓸데없이 입에 문 거품으로 말이야
넌 망설이고 있잖아
그냥 머물지, 아니면
다시 남쪽으로 돌아갈지
넌 속아넘어간 것 같아
끝이 머지않았다는 생각에 빠지도록 말이야
하지만 널 때릴 사람은 아무도 없어
널 패배시킬 사람도 전혀 없지
너 스스로 악감정을 품는 것 말고는 말이야

난 종종 네가 말하는 걸 들었어
네가 누구보다 잘난 것도 없고
누구보다 못난 것도 없다고
만일 정말로 그렇다고 믿는다면
얻을 것도 없고
잃을 것도 없다는 걸 알 거 아니야
시합과 세력과 친구로 인해
너의 슬픔이 자라나지
널 속이고 분류하는 슬픔 말이야
그건 네가 반드시 그들과 같아야만 한다는
감정에 빠지게 만들지

난 너와 영원히 얘기할 거야
하지만 곧 내 말들은
무의미한 울림으로 변할 테지
속으로 나는
내가 아무 도움도 줄 수 없다는 걸 아니까
모든 건 지나가
모든 건 변하지
그저 네가 해야 한다고 생각하는 걸 해
그러면 언젠가, 어쩌면
누가 알겠어, 자기야
내가 달려가서 네게 울며 매달리게 될지

## 모터사이코 나이트메어

난 농장 문을 쾅쾅 두드렸어
머물 곳을 찾아서
몹시 몹시 피곤했거든
아주 머나먼 길을 왔지
난 말했어, "이봐요, 이봐요, 거기
거기 안에 누구 없나요?"
난 계단에 서 있었어
그 어느 때보다 외로움을 느끼며
글쎄, 농부 하나가 나오더군
그는 내가 제정신이 아니라고 생각한 게 틀림없어
나를 보자마자
내 배에 총을 들이밀더군

나는 얼른
무릎을 꿇었어
"전 농부들을 좋아해요
쏘지 마세요, 제발!" 하면서
그는 소총의 공이치기를 당기고는
소리치기 시작했어
"소문으로 듣던
바로 그 떠돌이 외판원이로군"
난 말했지, "아뇨! 아뇨! 아뇨!
전 의사예요, 정말이에요
말쑥하고 건실한 남자죠

대학도 다녔다고요"

그때 그의 딸이 들어왔어
이름은 리타였지
마치 〈라 돌체 비타〉*에서
걸어나온 것만 같았어
난 즉시 수습하려 했지
그녀 아빠와 나눈 얘기를
그래서 그에게 말했어
정말 멋지고 예쁜 농장을 가지고 있다고
그는 말했지, "의사가 농장에 대해
뭘 안다고? 한번 말해보시지"
난 말했어, "저는 소원을 비는 우물의
바닥에서 태어났죠"

글쎄, 내 손톱 아래 때를 보고는
그도 내 말이 거짓말은 아니란 걸 알았던 것 같아
"피곤하시겠군그래"
그는 말했어, 좀 음흉했지
난 말했어, "그래요, 오늘 전
만 마일이나 달렸죠"
그는 말했어, "내가 침대를 내어주지
난로 아래에 말이야
단 조건이 하나 있네

지금 당장 주무시게
그래야 내 딸을 건드리지 못할 테니
그리고 아침에는 소젖을 짜야 해"

난 쥐새끼처럼 잠들어 있었어
그러다 뭔가 움직이는 소릴 들었는데
거기엔 리타가 서 있었지
꼭 토니 퍼킨스**처럼 보였어
그녀가 말했어, "샤워하시겠어요?
제가 문 앞까지 안내해드릴게요"
난 말했지, "오, 안 돼요! 안 돼!
전에도 이랬던 적이 있어요"
그녀에게서 떨어져야 한다는 걸 알았지만
난 어쩌면 좋을지 몰랐지
그녀가 "지금 샤워하시겠어요?"
라고 말했을 때 말이야

글쎄, 난 떠날 수 없었어
노인이 쫓아내지 않는 한
왜냐하면 난 이미 약속을 했으니까
소젖을 짜겠다고
난 뭔가를 말해야만 했어
그가 아주 이상하다고 생각하도록 말이야
그래서 난 소리를 질렀네

"난 피델 카스트로와 그의 수염이 좋아"
리타는 화가 나 보였지
하지만 그녀는 자리를 떴어
그가 총알을 장전하며 계단을 내려오면서
"자네 방금 뭐라고 떠든 거지?"라고 말했을 때

난 말했어, "전 피델 카스트로를 좋아해요
제대로 들으신 것 같은데요"
그리고 난 그가 온 힘을 실어
나를 향해 휘두르던 주먹을 피했지
리타는 뭔가를 중얼거렸어
언덕 위에 있는 자기 엄마에 대해
그의 주먹은 냉장고에 부딪혔고
그는 날 죽이겠다고 했어
내가 만일 딱 이 초 안에
문밖으로 나가지 않는다면 말이야
"이런 애국심 없고
썩어빠진 의사 빨갱이 새끼 같으니라고"

글쎄, 그는 〈리더스 다이제스트〉를
내 머리에 던졌고 난 달아났어
그가 총을 챙기는 걸 봤을 땐
공중제비를 넘었지
그리고 창문을 뚫고 나갔어

시속 백 마일의 속도로
그리고 완전히 쿵하는 소리와 함께
그의 정원에 핀 꽃들 위로 착륙했지
리타가 말했어, "돌아와요!"
그가 장전하기 시작했을 때
해가 떠오르고 있었어
그리고 난 길을 달려내려가고 있었지

글쎄, 난 그곳으로 돌아갈 것 같진 않아
잠시라도 말이야
심지어 리타가 거기서 나와
모텔에서 일을 한다고 해도
그는 여전히 날 기다리지
변함없이, 은밀하게
그는 날 넘기고 싶어해
F.B.I에 말이야
나, 나는 즐겁게 뛰놀고 발을 구르며 춤출 거야
즐겁게 뛰놀며 감사할 거야
표현의 자유가 없다면
난 아마도 늪 속에 있었겠지

* 영화 〈달콤한 인생〉(1960).
** 영화 〈사이코〉(1960)에 출연한 앤서니 퍼킨스를 말한다.

## 나의 뒤페이지들

진홍빛 불꽃이 내 귓가에서 떠나지 않았어
거대하고 강력한 덫이 굴러와
불타는 길 위에서 불덩이와 함께 나를 덮쳤지
견해들을 나의 지도로 사용하며
난 말했네, "우린 가장자리에서 만나게 될 거야, 곧"
달아오른 이마 아래로 자랑스럽게
아, 하지만 그때 난 훨씬 더 늙었었네
지금은 그때보다 더 젊지

반쯤 난파한 편견이 앞으로 뛰어올랐어
"모든 혐오를 없애자," 난 소리쳤지
삶이 흑과 백으로 나뉜다는 거짓말이
내 머릿속에서 튀어나왔어. 난 꿈꿨지
머스킷 총병들의 로맨틱한 사건들을
그것들은 굳건했지, 왜 그런지 모르겠지만
아, 하지만 그때 난 훨씬 더 늙었었네
지금은 그때보다 더 젊지

여자들의 얼굴이 내가 나아갈 길을 만들었어
가짜 질투심부터
고대사의 정치를
암기하는 일까지
난 시체 전도사들에게 내팽개쳐졌지
비록 어째서인지, 생각지도 못했던 일이지만

아, 하지만 그때 난 훨씬 더 늙었었네
지금은 그때보다 더 젊지

스스로 임명한 교수의 혀
속이기엔 너무 진지해
자유는 그저 평등이라고
학교에서 지껄였지
"평등," 난 그 단어를 말했어
마치 결혼 서약이라도 하듯
아, 하지만 그때 난 훨씬 더 늙었었네
지금은 그때보다 더 젊지

군인의 자세로, 난 손을 뻗었어
가르치는 잡종개들을 향해
말을 전하는 순간
내가 나의 적이 되고 말 거라는 걸 두려워하지 않았지
나의 길은 혼란의 배들을 따라 인도되었네
선미에서 뱃머리까지 반란이었지
아, 하지만 그때 난 훨씬 더 늙었었네
지금은 그때보다 더 젊지

그래, 관념이 위협할 때 나는 굳건히 방어해냈어
무시해버리기엔 너무 고결했지
뭔가 지켜야 할 게 있다고

생각하도록 나를 기만했어
선과 악, 난 이런 단어들을 정의하지
왜 그런지 모르겠지만 아주 분명하게, 의심의 여지 없이
아, 하지만 그때 난 훨씬 더 늙었었네
지금은 그때보다 더 젊지

# 지하실에서 젖는 향수

조니는 지하실에서
약을 섞고 있어
난 인도 위에서
정부에 대해 생각하고 있지
트렌치코트 입은 남자
배지를 달고 있는, 해고당한 그 남자는
심한 독감에 걸렸다고
얼마쯤 찔러주기를 원해
조심해, 꼬마야
그건 네가 한 짓이야
하느님만 아실 일이었지만
넌 또다시 그 짓을 하지
골목으로 숨는 게 좋을 거야
새 친구를 찾아서
감방 안에 있는
아메리카너구리 털가죽 모자 쓴 그 남자는
11달러 지폐를 원해
넌 10달러뿐인데

매기가 다가와 종종걸음으로
검댕 가득 묻은 얼굴로
말하지 경찰이
화단에 꽃을 키운다고 하지만
어쨌든 전화를 도청했다고

매기는 말하지, 다들 5월 초에
단속이 뜰 거라고 얘기한다고
지방검사의 지시라고
조심해, 꼬마야
네가 뭘 했든 그건 중요하지 않아
발끝으로 살금살금 걸어
"노-도즈"* 먹을 생각 마
소방호스 옮기는 자들과는
떨어져 있는 게 좋을 거야
문제 일으키지 마
사복 입은 자들을 잘 지켜봐
바람이 어디로 부는지 알기 위해
웨더맨까지 있을 필요는 없어

병에 걸리고, 병에서 회복하고
잉크통 주위를 얼쩡거리고
벨이 울리고, 어떤 것이 팔릴지는
판단하기 어렵고,
애쓰고, 막히고
돌아오고, 점자를 쓰고
감방에 가고, 보석중에 달아나고
실패하면 군에 입대하고
조심해, 꼬마야
언제고 얻어맞을 거야

하지만 극장 근처를 서성대는
약쟁이들, 사기꾼들
전과 6범들
새로운 멍청이를 물색하는
월풀 욕조 곁의 여자
리더를 따르지 마
주차 미터기를 잘 봐

아 태어나고, 따뜻한 상태를 유지하고
쇼트 팬츠, 로맨스, 춤 배우기
옷 차려입고, 축복받고
성공하려 애쓰고
그녀를 기쁘게 해주고, 그를 기쁘게 해주고, 선물을 사고
도둑질하지 마라, 훔치지 마라
이십 년간 학업
그러곤 2교대 자리에 앉히지
조심해, 꼬마야
그들은 모든 걸 숨기고 있어
맨홀로 뛰어들어
양초를 켜
샌들 신지 마
스캔들을 피해
부랑자 될 생각일랑 마
껌이나 씹어

펌프는 작동하지 않아
반달족들이 손잡이를 뽑아 갔거든

* 각성제의 일종.

# 매기* 농장

다시는 매기 농장에서 일하지 않을 거야
안 해, 다시는 매기 농장에서 일 안 해
그래, 난 아침에 일어나면
두 손 모아 비가 오게 해달라고 기도하지
머릿속이 온갖 생각들로 넘쳐나서
미쳐버릴 것만 같지
이런 식으로 바닥을 문질러 닦게 하다니 굴욕적이야
다시는 매기 농장에서 일 안 해

다시는 매기 오빠를 위해 일하지 않을 거야
안 해, 다시는 매기 오빠 위해 일 안 해
그래, 그는 네게 5센트를 건네지
그는 네게 10센트**를 건네지
그는 활짝 웃으며 너에게 부탁하지
네가 좋은 시간을 보내고 있을 때면
그러곤 네가 문을 쾅하고 닫을 때마다 벌금을 부과하지
다시는 매기 오빠 위해 일 안 해

다시는 매기 아빠를 위해 일하지 않을 거야
안 해, 다시는 매기 아빠 위해 일 안 해
그래, 그는 너의 얼굴에다 시가를
비벼 끄지, 그냥 재미로
그의 침실 창문은
벽돌로 지어졌지

문 주변엔 주 방위군이 지키고 서 있지
아, 다시는 매기 아빠 위해 일 안 해

다시는 매기 엄마 위해 일하지 않을 거야
안 해, 다시는 매기 엄마 위해 일 안 해
그래, 그녀는 하인들에게 말하지
인간에 대해 신에 대해 법에 대해
모두가 말하지
그녀가 매기 아빠의 숨겨진 브레인이라고
그녀는 예순여덟 살, 하지만 스물네 살이라고 말하고 다니지
다시는 매기 엄마 위해 일 안 해

다시는 매기 농장에서 일하지 않을 거야
안 해, 다시는 매기 농장에서 일 안 해
그래, 난 최선을 다했어
내 모습 그대로가 되려고
하지만 다들 내가
그들처럼 되기를 바라지
네가 노예처럼 일하는 동안 그들은 노래 부르지, 이젠 진력나
다시는 매기 농장에서 일 안 해

* 마리화나를 의미하는 속어.
** 5센트, 10센트 모두 마리화나를 의미하는 속어.

# 구르는 돌처럼

옛날 옛날에 넌 정말 멋지게 차려입었지
한창 잘나간답시고 부랑자들에게 10센트 동전도 던져주고
말이야, 안 그래?
사람들은 너를 불러 말했지, "조심해 예쁜 아가씨, 그러다
큰코다칠 거야"
넌 그들 모두가 그저 농담하는 줄로만 알았어
넌 빈둥거리며 돌아다니는 모두를
비웃곤 했지
이제 넌 그렇게 큰 소리로 떠들지 않고
이제 넌 그렇게 자랑스러워하는 것 같지도 않네
다음 끼니를 해결하려면 구걸을 하고 다녀야 한다는 사실을
말이야

기분이 어때
기분이 어때
집 없이 사는 기분이?
완전히 무명인처럼
구르는 돌처럼

미스 론리, 넌 최고로 좋은 학교를 다녔지, 좋다 이거야
하지만 거기서 마시고 놀기나 했을 뿐
그 누구도 길거리에서 살아가는 법을 가르쳐준 적이 없지
그리고 이제 넌 그런 삶에 익숙해져야 한다는 걸 알게 됐어
넌 말했었지 정체불명의 부랑자와는

절대 타협하지 않을 거라고, 하지만 이제야 넌 깨달아
그는 네게 어떤 알리바이도 제공해주지 않는다는 사실을
네가 그의 눈 속 공허를 응시하며
나랑 거래하실래요? 하고 물을 때 말이야

기분이 어때
기분이 어때
사방 어디에도 돌아갈 집 없이
혼자가 된 기분이?
완전히 무명인처럼
구르는 돌처럼

넌 저글러들과 광대들이 모두 다가와 묘기를 부렸을 때도
뒤돌아서서 그들의 찌푸린 얼굴을 본 적이 한 번도 없었어
그러면 안 된다는 걸 결코 이해하지 못했지
다른 사람들이 네 뒤치다꺼리를 하게 해서는 안 돼
넌 어깨 위에 샴고양이를 올려놓고 다니던 사교계 인사와
크롬으로 도금한 말을 타고 다니곤 했지
그가 전혀 생각했던 사람이 아니었다는 걸 알게 되면
힘들지 않아?
그가 네게서 훔칠 수 있는 모든 걸 들고 가버린 후에 말이야

기분이 어때
기분이 어때

사방 어디에도 돌아갈 집 없이
혼자가 된 기분이?
완전히 무명인처럼
구르는 돌처럼


뾰족탑 안 공주와 모든 예쁜 사람들
자신들이 성공했다는 생각에 빠져 실컷 퍼마시고 있네
온갖 값비싼 선물과 물건을 서로 주고받으며
하지만 너라면 다이아몬드 반지 하나 집어들고서 전당포에나
맡기는 게 나을 거야
넌 누더기 걸친 나폴레옹과 그가 쓰던 말투에
정말 즐거워하곤 했지
이제 그에게 가봐, 그가 널 불러, 넌 거절할 수 없을 거야
가진 게 없으면 잃을 것도 없지
이제 넌 투명인간이나 마찬가지야, 네게는 감출 비밀조차
없어


기분이 어때
기분이 어때
사방 어디에도 돌아갈 집 없이
혼자가 된 기분이?
완전히 무명인처럼
구르는 돌처럼

## 얄팍한 남자의 발라드


당신은 손에 연필을 하나 들고
방으로 걸어들어가
벌거벗은 누군가를 보고는
말하지, "저 남자는 누구죠?"
무진장 애를 쓰지만
영 이해를 못해
집으로 돌아가면
무슨 말을 해야 할지

왜냐하면 여기서 뭔가 일어나고 있는데도
당신은 그게 뭔지 모르거든
그렇지, 미스터 존스?

당신은 고개를 들고는
묻지, "여기가 바로 거기인가요?"
그러면 누군가가 당신을 가리키며 말해
"여긴 저 사람 거예요"
그러면 당신은 말하지, "뭐가 내 거라는 거죠?"
그러면 또 누군가가 말하지, "뭐가 어디라는 말이야?"
그러면 당신은 말하지, "이런 맙소사
여기 나 혼자 있는 거야?"

왜냐하면 여기서 뭔가 일어나고 있는데도
당신은 그게 뭔지 모르거든

그렇지, 미스터 존스?

당신은 티켓을 건네고서
서커스 곡예사를 보러 가
그가 곧장 걸어와
당신의 말을 듣자마자
말하지, "그런 괴물이 되는 건
어떤 기분인가요?"
그러면 당신은 말하지, "말도 안 돼"
그때 그가 당신에게 뼈다귀를 하나 건네줘

왜냐하면 여기서 뭔가 일어나고 있는데도
당신은 그게 뭔지 모르거든
그렇지, 미스터 존스?

당신은 정보를 물어다줄
벌목꾼들을
많이 알고 있지
누군가가 당신의 상상력을 공격할 때를 대비해서 말이야
하지만 그 누구도 존경심이라고는 가지고 있질 않아
어쨌거나 그들은 이미 당신이
수표나 기부하길 기다리고 있지
그저 세금을 공제받을 수 있는 자선단체에 말이야

당신은 교수들과 함께 있었지
그리고 모두가 당신의 외모를 좋아했어
대단한 변호사들하고도
문둥이와 사기꾼에 대해 토론했었고
당신은 F. 스콧 피츠제럴드의
책을 모두 읽었지
당신은 정말 박식해
그걸 모르는 사람은 없다고

왜냐하면 여기서 뭔가 일어나고 있는데도
당신은 그게 뭔지 모르거든
그렇지, 미스터 존스?

글쎄, 칼을 삼키는 사람이 다가와서
무릎을 꿇어
성호를 그은 다음
자신이 신은 하이힐을 딸각거리지
그런 다음 그가 느닷없이 물어
기분이 어떠냐고
그러고는 말하지, "여기 네 목구멍 돌려줄게
빌려줘서 고마워"

왜냐하면 여기서 뭔가 일어나고 있는데도
당신은 그게 뭔지 모르거든

그렇지, 미스터 존스?

이제 당신은 "지금 당장"이라는 말을 외치는
외눈박이 난쟁이를 봐
그러면 당신은 말하지, "무슨 이유로?"
그러면 그는 말하지, "어떻게?"
그러면 당신은 말하지, "이게 무슨 소리야?"
그러면 그는 다시 소리쳐, "넌 젖소야
내게 우유를 내놔
싫으면 집에나 가시고"

왜냐하면 여기서 뭔가 일어나고 있는데도
당신은 그게 뭔지 모르거든
그렇지, 미스터 존스?

글쎄, 당신은 낙타처럼 방으로 걸어들어가서는
얼굴을 찡그려
두 눈을 주머니 속에 넣고
코는 바닥에 내려놔
당신을 돌아오지 못하게 하는
법이라도 있어야겠어
당신은 귀에
이어폰을 끼우고 있어야만 해

왜냐하면 여기서 뭔가 일어나고 있는데도
당신은 그게 뭔지 모르거든
그렇지, 미스터 존스?

# 다시 찾은 61번 고속도로

오 신께서 아브라함에게 말씀하셨어, "아들을 죽여
데려와라"
아브라함이 말했지, "아니, 지금 절 놀리시는 건가요?"
신께서 말씀하셨어, "아닌데" 아브라함이 말했지, "뭐라고요?"
신께서 말씀하셨어, "아브라함아, 맘대로 해도 상관없다만
다음번에 날 본다면 도망치는 게 좋을 거야"
아브라함이 말했지, "어디서 죽이면 좋겠어요?"
신께서 말씀하셨어, "61번 고속도로에서"

조지아 샘*은 자존심이 상했어
복지과에서 옷을 주려고 하지 않았거든
가난한 하워드에게 어디로 가면 좋겠느냐고 묻자
하워드는 자기가 아는 데가 딱 한 군데 있다고 했어
샘이 빨리 말하라고, 지금 급하다고 하자
늙은 하워드는 자신의 총을 들어 그냥 그곳을 가리켰어
그러고는 말했지, 저 길로 쭉 내려가면 61번 고속도로라고

맥 더 핑거가 루이 왕에게 말했어
나한테 빨강 하양 파랑 신발끈 마흔 개랑
울리지 않는 전화기 천 대가 있어
이것들을 모조리 처리할 수 있는 데를 아니?
그러자 루이 왕은 잠깐만 생각해보겠다고 했어
그러고선 말했지, 그래, 거기 가면 쉽게 처리할 수 있겠군
그냥 다 들고 61번 고속도로로 가

이번에는 십이야에 다섯번째 딸이
첫번째 아버지에게 뭔가 이상하다고 말했어
제 피부색이 너무 흰 것 같아요
그는 말했지, 여기 밝은 데로 와봐, 흠, 정말 그렇네
두번째 어머니에게 이렇다는 걸 알려야겠다
하지만 두번째 어머니는 일곱번째 아들과 함께 있었지
둘 다 61번 고속도로에

이번에는 심심해 죽으려 하는 떠돌이 노름꾼이
제3차세계대전을 일으키려 했어
그는 거의 바닥에 쓰러질 판인 후원자를 찾아냈지
그는 말했어, 이쪽 일은 한 번도 해본 적 없지만
그래요, 그리 어렵진 않겠네요
우린 그냥 땡볕에 지붕 없는 외야석을 놓아둘 겁니다
그러면 61번 고속도로에서 일이 터질 거예요

* 블루스 가수 블라인드 윌리 존슨(1897~1945).

# 제발 좀 창밖으로 기어나와주지 않겠니?


그는 네 방, 그러니까 그의 무덤에 앉아 있어, 못을 잔뜩
움켜쥐고서
 복수할 생각에 정신이 팔린 채
 다시 대답할 수 없는 죽은 이를 저주하면서
 분명 그는 네 쪽을 쳐다볼 의도가 없어
 자신의 발명품들을 시험해보려고
 널 필요로 하는 게 아니라면

제발 좀 창밖으로 기어나와주지 않겠니?
팔과 다리를 좀 쓴다고 해서 큰일이 나진 않을 거야
어떻게 넌 자꾸 그가 생각날 거라고 말할 수 있니?
네가 원한다면 언제든지 그에게 돌아가도 괜찮아

그는 정말 진실해 보여, 그게 그가
자신의 사무적인 분노와 무릎을 꿇는 블러드하운드들로
달의 껍질을 벗기고선 모두 까발리려 할 때 느끼는 기분일까
제3의 눈이 필요하면 그는 그냥 생겨나게 한다고
그는 단지 너와 이야기를 나누거나, 혹은 분필을 던지면
네가 그걸 줍거나 가져다주길 바랄 뿐이야

제발 좀 창밖으로 기어나와주지 않겠니?
팔과 다리를 좀 쓴다고 해서 큰일이 나진 않을 거야
어떻게 넌 자꾸 그가 생각날 거라고 말할 수 있니?
네가 원한다면 언제든지 그에게 돌아가도 괜찮아

네 얼굴은 완전히 변했는데 어째서 그는 그렇게 정의로워
보일까
넌 그를 가둬놓은 상자를 두려워하고 있니
그의 멍청이 대량학살자들과 친구들이
작은 양철 여자에 대한 자신들의 종교를 재정비하는 동안
말이야
그 종교는 그들의 견해를 뒷받침하지만 너의 얼굴엔 너무
많은 멍이 들었어
어서 밖으로 나오라고, 어둠이 내리고 있어

제발 좀 창밖으로 기어나와주지 않겠니?
팔과 다리를 좀 쓴다고 해서 큰일이 나진 않을 거야
어떻게 넌 자꾸 그가 생각날 거라고 말할 수 있니?
네가 원한다면 언제든지 그에게 돌아가도 괜찮아

# 어느 날 아침 내가 밖으로 나갔을 때


어느 날 아침
바람을 쐬러 톰 페인*의 집 근처로 나갔을 때
정말 아름다운 아가씨를 발견했지
그녀는 족쇄를 차고 걸어다녔어
나는 손을 내밀었는데
그녀는 팔을 붙잡더군
바로 그 순간, 난 알아버렸지
그녀는 내게 해가 되리라는 걸

"지금 당장 내게서 떠나"
나는 소리 내어 말했지
그녀가 말하기를, "하지만 그러고 싶지 않은걸요"
나는 말했지, "하지만 네겐 선택의 여지가 없는걸"
"제발요, 선생님," 그녀가 애원했어
한 입으로 두말하고 있었지
"전 남들 몰래 선생님과 결혼할 거예요
그리고 우리 함께 비행기를 타고 남쪽으로 가요"

바로 그때 톰 페인 그자가
들판을 가로질러 달려오고 있었지
사랑스러운 이 여자에게 소리를 지르면서
항복하라는 명령을 내리면서
결국 그녀가 날 꼭 붙든 손을 놓았을 때
톰 페인이 내게로 뛰어왔지

"미안합니다, 선생님," 그자가 내게 말했어
"그녀가 저지른 일에 대해 사과드릴게요"

* 미국 혁명가(1737~1809).

## 망루를 따라서

"분명 빠져나갈 방법이 있을 거야," 조커가 도둑에게 말했지
"골치 아파 죽겠네, 어디 안심할 수가 있어야지
사업가놈들은 내 술을 마시고, 농부놈들은 내 땅을
파댄다고
그놈들 중 누구 하나도 뭐가 가치 있는지를 몰라"

"흥분할 필요 없어," 도둑이 다정하게 말했지
"여기 이들 중엔 인생을 그저 농담으로 여기는 작자들이
많다고
하지만 너랑 나, 우린 벌써 그런 생각은 다 졸업했잖아,
그리고 우리의 운명은 이게 아니라고
그러니 이제 헛소리는 그만 지껄이자, 벌써 날이 어두워지고
있어"

망루를 따라서 왕자들은 망을 봤지
그동안 여자들과 맨발의 하인들은 전부 들락날락거렸지

바깥 저멀리에서 살쾡이 한 마리가 으르렁거렸네
말을 탄 사내 둘이 다가오고 있었고, 바람은 울부짖기
시작했네

## 프랭키 리와 유다 사제의 발라드

글쎄, 프랭키 리 그리고 유다 사제
그들은 가장 친한 친구였지
그래서 어느 날 프랭키 리가 돈이 필요했을 때
유다가 재빨리 10달러짜리 돈뭉치를 꺼냈어
그러고는 경계를 가른 땅 위에 있는
발판에 그걸 올려두었다네
그리고 말했지, "가지고 싶은 만큼 가져, 프랭키
내 손해는 곧 네 이득이니까"

글쎄, 프랭키 리는 곧장 앉아서
손으로 턱을 괸 채 곰곰이 생각했지
하지만 유다가 차가운 눈으로 쳐다봐서
좀 어리둥절해졌지
"그렇게 좀 쳐다보지 않으면 안 되겠니?" 그가 말했어
"내 알량한 자존심 때문에 그런 거지만
남자는 때론 혼자일 필요가 있잖아
그리고 여기선 숨을 데도 없다고"

글쎄, 유다가 윙크를 날리고는 말했지
"좋아, 여기 혼자 있게 해줄게
하지만 얼마나 가져갈 건지 서둘러 결정하는 게 좋을 거야
그 돈들이 다 사라지기 전에 말이지"
"지금 당장 챙길 테니
어디 있을 건지나 말해줘"

유다는 길 아래를 가리켰다네
그리고 말했지, "영원 속에!"

"영원?" 프랭키 리가 말했지
얼음처럼 차가운 목소리로
"그래 맞아," 유다 사제가 말했어, "영원이지
비록 넌 그걸 '천국'이라 부를 테지만"
"난 그걸 뭐라고도 안 불러"
프랭키 리가 웃으며 말했지
"좋아," 유다 사제가 말했다네
"잠시 후에 만나자"

글쎄, 프랭키 리는 다시 그 자리에 앉았지
우울하고 창피한 기분으로
바로 그때 지나가던 낯선 이가
돌연 그 자리에 나타났다네
그리고 말했지, "자네가 그 노름꾼 프랭키 리 맞나,
아버지가 고인이 되신?
그렇다면, 저 길 아래에서 친구 하나가 자넬 부르고 있다네
듣기론 이름이 사제라더군"

"오, 맞아요, 제 친구죠"
겁을 먹은 프랭키 리가 말했어
"분명 똑똑히 기억해요

실은 방금까지만 해도 저와 함께 있었죠"
"그래, 바로 그 친구야," 낯선 이가 말했다네
쥐새끼처럼 조용한 목소리로
"글쎄, 내가 전할 말은, 그가 저 아래 어느 집에서
오도 가도 못하게 됐다는 거야"

글쎄, 프랭키 리는 겁에 질려
모든 걸 내팽개치고 달려갔지
그러고는 도착했어
유다 사제가 서 있던 바로 그곳에
"이 집은 대체 뭐야?" 그가 말했어
"난 어디를 헤매고 있는 거지?"
"이건 그냥 집이 아니야," 유다 사제가 말했다네
"이건 그냥 집이 아니야…… 나의 집이지"

프랭키 리는 벌벌 떨었지
통제력을 완전히 잃어버렸지
그가 이뤄놨던 모든 것들에 대해 말이야
교회종이 울리는 동안
그는 그저 거기 선 채 가만히 쳐다보았지
태양만큼 환히 빛나는 그 큰 집을 말이야
거기 달린 창문 스물네 개
그 모든 창문마다 여자의 얼굴이 보였다네

프랭키 리는 계단 위로 달려갔지
열정적이고도 힘차게 껑충껑충
입에 게거품을 물고서
그는 한밤중에 돌아다니기 시작했지
열여섯 번의 밤과 낮 동안 광란의 시간을 보냈지
하지만 열일곱번째 되는 날, 그는
유다 사제의 품안으로 뛰어들어버렸다네
그는 거기서 목마름으로 죽었다네

그 누구도 한마디하려 하지 않았지
조롱 속에서 그를 끄집어냈을 때
물론 그를 무덤까지 데려갔던
어린 이웃 소년만은 예외였지
그리고 그는 그저 혼자 걸었다네
죄책감을 꽁꽁 숨기고서
그러고는 한숨을 쉬며 중얼거렸지
"밝혀진 건 아무것도 없어"

글쎄, 이 이야기의 교훈은
그러니까 이 노래의 교훈은
자기한테 어울리지 않는 곳에 가서는
절대 안 된다는 거야
그러니 네 이웃이 뭔가를 나르는 게 보이면
가서 그거나 도와주도록 해

그리고 천국을 헷갈리지 마
길 건너에 있는 저 집이랑 말이야

# 부랑자의 탈출

"오, 힘없는 저를 도와주세요"
난 부랑자가 하는 말을 들었어
사람들이 그를 법정에서 끌어내
사형장으로 데리고 갈 때
"제 여정은 그리 즐겁지 않았어요
그리고 제겐 시간이 얼마 없죠
그런데도 아직 잘 모르겠어요
제가 뭘 그렇게 잘못했는지"

글쎄, 판사는 법복을 벗어던졌어
그의 눈에 눈물이 차올랐지
"당신은 이해하지도 못하면서," 그가 말했어
"왜 굳이 애써 알려고 하는 거야?"
바깥에서는, 군중이 동요하고 있었어
문가에서도 들을 수 있었지
안쪽에서는, 판사가 자리에서 걸어내려올 때
배심원들이 아직 안 끝났다며 소리치고 있었지

"오, 저 망할 배심원들 좀 조용히 시켜"
수행원과 간호사가 소리쳤어
"재판이 완전히 엉망이었는데
이건 열 배는 더 심하군"
바로 그때 번개가 번쩍
내리쳐 법정을 엉망으로 만들었지

그리고 모두가 무릎을 꿇고 기도하는 동안
부랑자는 그곳을 유유히 탈출했지

# 지주여

지주여,
제발 제 영혼에 값을 매기지 말아요
제 짐은 무겁답니다
제 꿈들을 억누를 수가 없네요
저 증기선이 기적을 울릴 때
당신께 드려야 할 전부를 드릴게요
그리고 전 당신이 기꺼이 받아주시길 바라죠
당신이 살 만하다고 느낄 만큼만 말이에요

지주여,
부디 제가 드리는 말씀을 명심하세요
당신이 고생을 많이 했다는 거 알아요
하지만 당신만 고생하고 산 건 아니죠
우리 모두, 때로는 너무 열심히 일만 하는 것 같아요
너무 빨리, 그리고 너무 많이 거머쥐려고 말이에요
그리고 누구든 자신의 인생을 채울 수 있답니다
볼 순 있지만 만질 수 없는 것들로 말이죠

지주여,
제발 제 상황을 무시하지 마세요
저는 따지려는 게 아니에요
다른 데로 떠나려는 게 아니에요
자, 우리 둘에겐 저마다 특별한 재능이 있잖아요
그리고 이게 사실이어야 했다는 걸 알잖아요

만일 당신이 저를 과소평가하지 않으신다면
저도 당신을 과소평가하지 않을 거예요

## 사악한 전령

사악한 전령이 하나 있었어
그는 엘리 제사장에게서 왔지
아주 사소한 것도 크게 부풀리는 심성을 지니고 있었다네
누가 부른 것이냐고 물으면
그는 엄지를 치켜세우는 것으로 대답을 대신했지
그의 혀는 말 대신, 오직 아첨하는 법밖에 몰랐으니까

그는 강당 뒤편에 머물렀어
그곳에 자신의 둥지를 틀었다네
종종 그가 돌아오는 모습이 보였지
그러던 어느 날 그가 나타났어
이렇게 쓰인 작은 쪽지 하나 들고서
"내 두 발바닥이 불타는 것만 같아"

오, 낙엽이 지기 시작했어
그리고 바다가 갈라지기 시작했어
그에게 맞선 이들이 꽤 많았지
그리고 그는 몇 마디 안 되는 이런 말을 듣고서
마음을 열었다네
"좋은 소식을 전해줄 수 없다면, 아무 소식도 전하지 말길"

## 조지 잭슨*

오늘 아침 일어났을 때
내 침대엔 눈물 고여 있었지
그들이 한 남자 죽였지 내가 정말 사랑했던
그의 머리를 총으로 쐈지
하느님, 오 하느님
그들이 조지 잭슨을 죽였지
하느님, 오 하느님
그들이 그를 땅속에 눕혔지

그를 감옥에 보냈지
17달러 절도한 죄로
그의 뒤에서 문을 잠갔지
그러고는 열쇠를 던져버렸지
하느님, 오 하느님
그들이 조지 잭슨을 죽였지
하느님, 오 하느님
그들이 그를 땅속에 눕혔지

그는 누구한테서도 엿 먹지 않으려 했지
그는 허리 숙이거나 무릎 꿇으려 하지 않았지
정부 당국, 그들은 그를 미워했지
단지 그가 너무 진짜인 인간이라서
하느님, 오 하느님
그들이 조지 잭슨을 죽였지

하느님, 오 하느님
그들이 그를 땅속에 눕혔지

교도관들, 그들은 그를 욕했지
위쪽에서 그를 내려다보면서
하지만 그들은 그의 힘에 겁먹었지
그들은 그의 사랑을 두려워했지
하느님, 오 하느님
그래서 그들은 조지 잭슨을 죽였지
하느님, 오 하느님
그들이 그를 땅속에 눕혔지

가끔 난 생각하지 이 세상 전체가
커다란 형무소 마당인지도 모른다고
우리 중 일부는 죄수들이고
나머지는 모두 교도관들이지
하느님, 오 하느님
그들이 조지 잭슨을 죽였지
하느님, 오 하느님
그들이 그를 땅속에 눕혔지

* 1950~60년대 활동한 흑인민권운동 단체 흑표범단의 리더로, 1971년 샌퀸틴주립교도
소에서 탈출을 시도하다가 살해되었다.

## 백만 달러짜리 파티

글쎄, 저 크고 멍청한 금발머리 여자는
목구멍에 바퀴를 달고 있어
그리고 그들의 친구인 저 거북이는
가짜 수표를 쥐고 있지
입안에 음식을 잔뜩 물고서
현금에는 치즈를 발라놨다네
그들 모두가 거기에 있을 거야
거기 백만 달러짜리 파티에
우, 베이비, 우우이
우, 베이비, 우우이
바로 그 백만 달러짜리 파티에

지금부터 당장 모두들
저리로 갔다가 되돌아와봐
큰소리치면서 온 놈들일수록
더 크게 박살나지
이제 이리로 와, 나의 달콤한 크림
사진 찍는 거 까먹지 말고
우리 모두 거기서 만날 거야
거기 백만 달러짜리 파티에서
우, 베이비, 우우이
우, 베이비, 우우이
바로 그 백만 달러짜리 파티에서

92

있잖아, 난 변호사를 데리고
헛간으로 갔어
거기엔 멍청한 넬리가 있었지
그녀가 그에게 잔뜩 허풍을 떨더군
그러고는 존스가 와서
쓰레기를 비웠지
모두들 그곳에 갔어
거기 백만 달러짜리 파티에
우, 베이비, 우우이
우, 베이비, 우우이
바로 그 백만 달러짜리 파티에

글쎄, 나 너무 막 나가고 있어
내 불알이 견뎌내지 못할 거야
나는 아침에 일어나
하지만 일어나기엔 너무 이른 시간이지
첫인사를 하자마자 작별이라니
그러고는 밀어붙이고, 그러고는 망해버리겠지
하지만 우린 모두 해내고야 말 거야
거기 백만 달러짜리 파티에서
우, 베이비, 우우이
우, 베이비, 우우이
바로 그 백만 달러짜리 파티에서

있잖아, 난 시계를 봤어
손목을 봤지
내 얼굴을 후려쳤어
내 주먹으로 말이야
감자를 몇 개 가져다가
으깬 감자를 만들었어
그런 다음 그걸 가져다줬지
거기 백만 달러짜리 파티에
우, 베이비, 우우이
우, 베이비, 우우이
바로 그 백만 달러짜리 파티에

# 너무 많은 무無

그래, 너무 많은 무는
사람을 불편하게 만들 수 있지
누군가는 화가 치밀어오를 거야
또다른 누군가의 화가 차갑게 식는 동안
고해의 날에
우린 영혼을 조롱해서는 안 돼
오, 무가 넘쳐날 때는
누구도 통제할 수 없다네

밸러리에게 안부 전해줘
비비언에게 안부 전해줘
그들에게 내가 번 돈을 모두 보내줘
망각의 강 위에서

너무 많은 무는
사람이 왕을 이용하게 할 수 있지
왕은 거리를 걸으며 많이들 그러듯 우쭐거릴 수 있어
하지만 그는 아무것도 모를 거야
그래, 그건 전에도 다 있었던 일이지
그 책에 다 쓰여 있다네
하지만 무가 넘쳐날 때는
누구도 그걸 볼 필요는 없지

밸러리에게 안부 전해줘

비비언에게 안부 전해줘
그들에게 내가 번 돈을 모두 보내줘
망각의 강 위에서

너무 많은 무는
사람을 거짓말쟁이로 만들어버릴 수 있지
누군가를 가시방석 위에서 잠들게 할 수도
그리고 또다른 누군가에겐 불을 삼키게 할 수도 있다네
모두들 뭔가를 하고 있고
나는 그 말을 꿈속에서 들었어
하지만 무가 넘쳐날 때는
그게 한 녀석을 사납게 만든다네

밸러리에게 안부 전해줘
비비언에게 안부 전해줘
그들에게 내가 번 돈을 모두 보내줘
망각의 강 위에서

# 허리케인


늦은 밤 술집에서 총성이 울려
위층에 사는 패티 밸런타인이 들어와
피바다가 된 바닥에 뻗어 있는 바텐더를 보고는
소리쳐, "세상에, 그자들이 이 사람들을 다 죽였어!"
여기서 허리케인의 이야기가 시작된다네
정부가 의심하는 그 남자
그가 전혀 하지 않은 일을 두고 말이지
교도소 감방에 갇혀 있지만, 한때 그는
세계 챔피언이 될 수도 있었어


패티는 거기 시체 셋이 누워 있는 걸 봐
그리고 벨로라는 또다른 남자가 그곳을 비밀스레 기웃거리고
있지
"제가 한 거 아니에요," 그러고서 양손을 쳐들었어
"전 그저 카운터를 털고 있었다고요, 이해해주실 거죠
전 그자들이 튀는 걸 봤어요," 그러다 말을 멈추더니
"우리 중 하나가 경찰을 부르는 게 좋겠군요"
그래서 패티가 경찰을 부르지
그리고 경찰은 빨간불을 깜빡이며 현장에 나타나
무더운 뉴저지의 밤에


한편, 마을에서 멀리 떨어진 다른 곳에선
루빈 카터*와 친구 몇몇이 차를 몰고 있어
미들급 우승을 노리는 최고의 도전자는

앞으로 무슨 거지 같은 일이 일어날지 상상도 못했지
경찰이 길가로 차를 세우게 했을 때 말이야
예전에도 그랬고 더 예전에도 그랬듯이
패터슨에선 모든 게 다 그딴 식으로 흘러가지
당신이 흑인이라면 거리에 나타나지 않는 게 좋아
열을 식히려는 게 아니라면 말이야

앨프리드 벨로에겐 파트너가 있었고, 전과도 있었지
그와 아서 덱스터 브래들리는 그냥 밖에서 어슬렁대고 있었어
그는 말했지, "두 명이 도망치는 걸 봤어요, 미들급 같아 보였죠
다른 주 번호판을 단 흰색 차 안으로 뛰어들었어요"
그러자 미스 패티 밸런타인이 고개를 끄덕였어
경찰이 말했어, "잠깐만 얘들아, 이 사람은 아직 죽지 않았어"
그래서 그들은 그를 병원으로 데려갔어
그리고 이 남잔 거의 앞을 볼 수 없었지만
그들은 범인을 확인해줄 수 있느냐고 물었지

새벽 네시에 그들은 루빈을 체포해
병원으로 끌고 가서는 위층으로 데려가
부상당한 남자는 다 죽어가는 한쪽 눈으로 쳐다보고는
말하지, "대체 왜 여기 데려온 거예요? 이 사람이 아니라고요!"

그래, 이건 허리케인의 이야기지
정부가 의심하는 그 남자
그가 전혀 하지 않은 일을 두고 말이지
교도소 감방에 갇혀 있지만, 한때 그는
세계 챔피언이 될 수도 있었어

넉 달 후, 빈민가는 불길에 휩싸여
남미에서 루빈이 명예를 위해 싸울 때
아서 덱스터 브래들리는 여전히 도둑질을 일삼아
그리고 경찰은 책임질 누군가를 찾아다니며 브래들리를
압박하지
"바에서 일어났던 그 살인 사건을 기억하나?"
"도망간 차를 봤다고 말했던 것도 기억하고?"
"경찰에 협조하고 싶은 거 맞지?"
"그날 밤 네가 봤던 도주자가 그 권투선수였을 수도 있다고
생각하나?"
"네가 백인이란 사실을 잊지 마"

아서 덱스터 브래들리가 말했어, "잘 모르겠어요"
경찰이 말했어, "너처럼 불쌍한 녀석에겐 휴식이 필요해
우리가 모텔 일을 줄게, 네 친구 벨로하고도 얘기하고 있다고
이젠 감옥에 가고 싶지 않잖아, 착하게 굴라고
넌 이 사회의 부탁을 들어주게 될 거야
저 망할 용감한 놈이 날이 갈수록 더 용감해지고 있어

우린 이놈을 감옥에 처넣고 싶다고
우린 이놈을 사람 셋을 죽인 살인범으로 만들고 싶다고
이 검둥이는 젠틀맨 짐** 따위가 아니야"

루빈은 펀치 한 방으로 사람 하나를 보내버릴 수 있었지만
결코 그런 얘길 하는 걸 좋아하지 않았지
이건 내 일이야, 그는 말하겠지, 난 돈을 위해 그 일을 한다고
그리고 모든 게 다 끝나면 곧장 갈 거야
저 위 천국으로 말이야
거긴 분명 송어가 사는 개울이 흐르고 공기도 좋겠지
그리고 난 산길을 따라 말을 타고 달리겠지
하지만 그들은 그를 감옥에 집어넣었어
거기서 그들은 인간을 쥐새끼 취급하려 들지

루빈이 쥐고 있던 패는 사전에 모두 막혀버렸어
재판은 돼지 서커스였고, 그에겐 아무런 기회가 없었어
판사는 루빈 측 증인으로 빈민가 주정뱅이들을 내세웠다네
그걸 본 백인들에게 그는 혁명적인 부랑자였고
그걸 본 흑인들에게 그는 미치광이 검둥이에 불과했지
그가 방아쇠를 당겼다는 걸 누구도 의심하지 않았어
그리고 비록 그들이 권총을 만들어낼 순 없었지만
지방검사는 그가 바로 범인이라 말했고
모든 백인 배심원단은 거기에 동의했어

루빈 카터는 순 엉터리 재판을 받았어
그가 지은 죄는 '1급' 살인이었지, 누가 증언했는지 알아?
벨로와 브래들리, 노골적으로 거짓말을 했지
그리고 신문들이 거기 동참했다네
어떻게 한 사람의 인생을
바보들 몇몇이서 쥐락펴락할 수 있지?
명백하게 그가 누명을 쓰는 꼴을 지켜보고 있자니
어쩔 수 없이 부끄러워졌어, 내가 이 땅에 살고 있다는
사실이
이곳에서 정의란 그저 장난일 뿐이야

이제 범인들은 모두 코트를 입고 넥타이를 맨 채
자유롭게 마티니를 마시며 일출을 보네
루빈이 10피트짜리 감방에 부처님처럼 앉아 있는 동안 말이야
생지옥 속에서 결백한 남자,
그게 허리케인의 이야기지
하지만 끝나지 않을 거야, 저들이 그의 오명을 씻어주고
그가 감옥에서 보낸 시간을 되돌려주기 전까진
교도소 감방에 갇혀 있지만, 한때 그는
세계 챔피언이 될 수도 있었어

* 미국 권투선수(1937~2014).
** 미국 권투선수 제임스 코빗(1866~1933)의 별명.

## 머니 블루스

여기 앉아서 생각해
돈이 다 어디로 가는지
여기 앉아서 생각해
돈이 다 어디로 가는지
음, 난 내 여자에게 가져다줘
그녀는 그걸 벌써 다 써버렸지

어젯밤에 외출을 했어
달걀 두 개랑 햄 한 조각을 샀지
어젯밤에 외출을 했어
달걀 두 개랑 햄 한 조각을 샀지
계산서엔 3달러 10센트라고 적혀 있었어
심지어 잼은 사지도 못했지

집주인이 와서
집세를 달라고 그래
집주인이 와서
집세를 달라고 그래
웬걸, 서랍을 열어봤지만
돈은 하나도 없었네

이런, 이런
난 은행계좌가 없어
이런, 이런

난 은행계좌가 없어
하나 만들러 갔더니 글쎄
필요한 돈이 부족하다더군

모든 게 부풀어올랐어
자동차 타이어처럼
모든 게 부풀어올랐어
자동차 타이어처럼
웬걸, 그자가 와서 내 쉐비*를 가져가버렸어
낡은 기타는 숨겨두길 정말 잘했지

내게로 와, 아가씨
당장 파산하게 생긴 날 달래줘
내게로 와, 아가씨
당장 파산하게 생긴 날 달래줘
날 먹여살려줄 뭔가가 필요해
그리고 너만이 방법을 알고 있어

* 미국 자동차 상표명 쉐보레의 애칭.

# 느린 기차

때로 천박하고 메스꺼운 기분이 들어
내 동료들에게 무슨 일이 일어나고 있는지 몹시 의아할
수밖에 없네
그들이 길을 잃은 건지, 아니면 길을 찾은 건지
그들은 그걸 무너뜨리느라 치러야 할 대가를 다 따져본
거야?
자신들의 모든 세속적인 원칙들을 포기해버리고서야 얻게
될 대가 말이야
저기 느릿, 느릿한 기차가 오고 있어, 모퉁이를 돌아

앨라배마에 여자가 하나 있었지
오지 출신이었지만 확실히 현실적이었어
그녀는 말했지, "이봐, 분명히 말하는데
넌 장난 좀 그만 치고 정신을 똑바로 차릴 필요가 있겠어
그러다 여기서 뒈져서 사고 통계 숫자나 올려줄 수 있다니까"
저기 느릿, 느릿한 기차가 오고 있어, 모퉁이를 돌아

저 모든 딴 나라 석유가 미국땅을 지배하고 있네
네 주위를 둘러봐, 분명 넌 몹시 당황할 거야
아랍 족장들이 왕처럼 걸어다니지
화려한 보석과 코걸이를 달고서
암스테르담에서 파리를 오가며 미국의 미래를 결정한다네
그리고 저기 느릿, 느릿한 기차가 오고 있어, 모퉁이를 돌아

그의 자아는 부풀려졌고, 그의 법은 이미 낡았지, 더는
효력이 없어
  더는 우두커니 서서 기다리며 그에게 의지해선 안 돼
  용사의 고국에서
  무덤 속 제퍼슨은 자꾸 뒤척이네
  멍청이들은 스스로를 찬양하며 사탄을 조종하려 들지
  그리고 저기 느릿, 느릿한 기차가 오고 있어, 모퉁이를 돌아

  크게 한 건 해먹으려는 협상가들, 엉터리 치료사들과
여성혐오자들
  허세 대마왕들과 제안의 달인들
  하지만 내가 보는 적은
  체면이라는 망토를 두르고 있어
  종교의 이름으로 떠들어대는 모든 불신자와 노예 상인들
  그리고 저기 느릿, 느릿한 기차가 오고 있어, 모퉁이를 돌아

  굶주리고 목말라하는 사람들, 그런데 거대한 곡물 창고는
터질 듯하네
  오, 너도 알잖아, 음식은 나눌 때보다 쌓아둘 때 돈이 더
많이 든다는 걸
  그들은 말해, 거리낌없이 행동하라고
  너 자신의 야망을 따르라고
  형제끼리 사랑하는 인생에 대해 떠들어들 대는데, 어디
그렇게 살 줄 아는 사람이 있으면 내게 좀 보여줘봐

저기 느릿, 느릿한 기차가 오고 있어, 모퉁이를 돌아


글쎄, 내 여자가 입이 거친 어떤 놈이랑 일리노이로 갔다네,
그녀는 망가질 수도 있다고
완전히 자살행위지, 하지만 그걸 멈추기 위해 내가 할 수
있는 일은 아무것도 없었어
난 경제에는 관심 없어
천문학에도 관심 없지
하지만 내가 사랑하는 사람들이 꼭두각시로 변해가는 꼴을
보는 건 정말이지 괴롭단 말이야
저기 느릿, 느릿한 기차가 오고 있어, 모퉁이를 돌아

# 레니 브루스

레니 브루스는 죽었어, 하지만 그의 유령은 사라지지 않아
어떤 골든글로브상도 받지 않았어, 시내년*에도 단 한 번
가지 않았지
그는 무법자였어, 그건 분명한 사실이야
누구보다도 더한 무법자였지
레니 브루스는 죽었어, 하지만 그의 영혼은 계속돼

어쩌면 그에겐 문제가 조금 있었는지도 몰라, 아마 도저히
해결할 수 없던 문제들이
하지만 그는 분명 웃겼고 그는 분명 진실을 말했지, 그는
자기가 무슨 소릴 하는지를 알았어
교회를 턴 적도 없고, 아기들의 목을 딴 적도 없지
그는 그저 높은 자리에 있는 분들을 데려다가 그들의 침대에
빛을 비춰줬어
이제 그는 다른 해변에 있다네, 더는 살고 싶어하지 않았지

레니 브루스는 죽었어, 하지만 그는 어떤 범죄도 저지르지
않았지
그는 통찰력이 있었어, 너무 늦기 전에 진실을 들춰낼 줄
알았지
한번은 그와 함께 택시를 탄 적이 있었어
겨우 일 마일 반을 달렸을 뿐인데 몇 달이 걸린 것만 같았지
레니 브루스는 계속 나아가다 결국 그를 죽였던 놈들과
마찬가지로 죽어버렸다네

그들은 말했지 그가 맛이 갔다고, 왜냐하면 그는 규칙을
따르지 않았으니까

그 시대의 현자들에게 그는 그저 바보에 불과한 존재로
보였지

그들은 그에게 도장을 찍고 상표를 붙였어, 마치 바지와
셔츠에 하듯이

그는 전쟁을 치렀어, 모든 승리가 아픔인 그런 전장에서
말이야

레니 브루스는 멋졌어, 그는 당신들이 한 번도 가져보지 못한
형제였다네

* 마약중독자를 치료하는 사설 단체.

# 신랑은 여전히 제단에서 기다리고 있어

빈민가에서 기도했어, 얼굴을 시멘트에 파묻은 채
복서의 마지막 신음을 들었지, 순수가 완패하는 걸 봤어
전등 스위치를 찾아 더듬거렸어, 속이 메스꺼워졌지
그녀는 복도를 걷고 있었다네, 벽이 무너져내리는 동안

요르단의 서쪽, 지브롤터 암벽의 동쪽
페이지가 넘어가고 있어
새 시대의 막이 오르고 있어
봐, 신랑은 여전히 제단에서 기다리고 있어

순수한 마음을 가지려고 해봐, 그들은 널 강도죄로 체포하지
너의 수줍음을 무관심으로, 너의 침묵을 속물근성으로
착각하지
오늘 아침 전보를 받았다네, 바로 나한테 온 거였지
절대 의도하지 않았지만 그렇게 되어버린 광기에 대해서
말이야

요르단의 서쪽, 지브롤터 암벽의 동쪽
무대가 불타고 있어
새 시대의 막이 오르고 있어
봐, 신랑은 여전히 제단에서 기다리고 있어

뭐라고 말해야 할지 모르겠어, 더는 다시 나타나 날
괴롭히지 않는 클로넷에 대해 말이야

그녀가 날 원하기 시작했을 때, 결국 난 그녀를 포기해야
했지
하지만 난 알아, 신께서 비방당하고 굴욕당한 자들에게
자비를 베푸신다는 걸
난 저 여자를 위해 뭐든 했을 거라네, 내게 과한 의무감을
지우지만 않았더라면

요르단의 서쪽, 지브롤터 암벽의 동쪽
새장이 불타고 있어
새 무대의 막이 오르고 있어
봐, 신랑은 여전히 제단에서 기다리고 있어

손으로 내 머리 좀 짚어봐, 나한테 열이 나니?
그렇게 어리석지는 않으실 분들께서 주변에 우두커니
가구처럼 서 계셔
너와 네가 원하는 것 사이에 벽이 있어, 그리고 넌 그걸
뛰어넘어야 해
오늘밤 넌 그걸 가질 힘이 있지만, 내일이면 넌 그걸 지킬
힘을 잃고 말 거야

요르단의 서쪽, 지브롤터 암벽의 동쪽
무대가 불타고 있어
새 시대의 막이 오르고 있어
봐, 신랑은 여전히 제단에서 기다리고 있어

도시는 불바다고, 전화기는 고장났어
그들이 수녀와 군인을 죽이고 있다네, 국경에서 싸움이
벌어졌지
내가 클로뎃에 대해 뭘 말할 수 있겠어? 1월 이후론 보지도
못했는데
경건하게 결혼을 했을 수도, 부에노스아이레스에서
사창굴을 굴릴 수도 있겠지

요르단의 서쪽, 지브롤터 암벽의 동쪽
무대가 불타고 있어
새 시대의 막이 오르고 있어
봐, 신랑이 여전히 제단에서 기다리고 있어

# 문제

도시에 문제, 농장에도 문제
행운의 토끼발도 있고, 행운의 부적도 있지만
그것들은 아무짝에도 쓸모없지, 문제가 터지면 말이야

문제야 문제
문제, 문제, 문제
오로지 문제뿐이야

물속에 문제, 공기에도 문제
이 세상 반대쪽까지 쭉 가봐, 거기에도 문제는 있다는 걸
알게 되지
혁명도 문제를 해결해주지 못하지

문제야 문제
문제, 문제, 문제
오로지 문제뿐이야

가뭄과 기아, 영혼의 포장
박해, 처형, 통제 불가능한 정부들
문제를 터뜨리려는 불행한 징조가 보이네

문제야 문제
문제, 문제, 문제
오로지 문제뿐이야

기차선로에 귀기울여봐, 땅에도 귀기울여봐
전혀 외롭지 않았던 적이 있니? 주변에 아무도 없는데도
말이야
우주가 시작됐을 때부터 인류는 문제라는 저주에
시달려왔다네

문제야 문제
문제, 문제, 문제
오로지 문제뿐이야

실연당한 자들의 나이트클럽, 저주받은 자들의 스타디움
입법부, 변태적 성향, 무례하게 쾅! 닫혀버리는 문들
아득히 먼 곳을 한번 봐봐, 보이는 건 문제뿐이지

문제야 문제
문제, 문제, 문제
오로지 문제뿐이야

# 동네 불량배

음, 동네 불량배, 그는 혼자야
그의 적들은 말하지, 그가 자신들의 땅에 있다고
그들은 수가 더 많지 한 100만 대 1 정도로
그는 숨을 곳도 도망칠 곳도 없지
그는 동네 불량배지

동네 불량배는 살아남기 위해 살아
그는 비난받고 저주받지, 살아 있다는 이유로
그는 맞서 싸워선 안 되지, 살가죽이 튼튼해야 하지
항복하고 죽어야 하지 그의 집 문이 발에 차여 열리면
그는 동네 불량배지

동네 불량배는 온갖 땅으로 내몰렸어
그는 지상을 방랑했지 추방된 자였지
그의 가족들 뿔뿔이 흩어졌지, 그의 사람들 쫓겨나고 찢겼지
그는 단지 태어났다는 이유로 늘 재판에 회부되어 있지
그는 동네 불량배지

음, 그는 폭력배 무리를 혼내줬다가 사람들에게 비난받았어
늙은 여자들이 그를 나무랐지, 그가 사과해야 한다고 했지
그리고 그는 폭탄공장을 파괴했지, 아무도 기뻐하지 않았지
폭탄은 그에게 써먹으려고 만든 거였으니까. 그는 응당
기분이 좋지 않아야 했으니
그는 동네 불량배지

음, 상황은 불리하고 승산은 희박하니
그는 세상이 그를 위해 만든 규칙에 따라 살게 되겠지
그의 목엔 올가미 있고 그의 등뒤엔 총 있기에
그를 죽여도 좋다는 살인면허가 모든 미치광이들에게
배포되었지
그는 동네 불량배지


그에겐 이렇다 할 우군이 없어
얻는 것 있으면 무조건 대가 지불해야 하지, 그는 애정에서
나온 그 어떤 것도 갖지 못하지
그는 구닥다리 무기 샀지 앞으로 거부당할 일 없을 거야
하지만 아무도 자기 자식 보내지 않았지 그의 편에서
싸우도록
그는 동네 불량배지


음, 그는 평화주의자들에게 둘러싸여 있어 모두가 평화를
원해
그들은 밤마다 그것을 위해 기도하지, 유혈사태는 멈춰야
한다고
이제, 그들은 파리 한 마리 다치게 하려 하지 않지. 한
마리라도 다치게 하려면 흐느껴 울지
그들은 누워서 기다리고 있지 이 불량배가 잠에 들기만을
그는 동네 불량배지

그를 노예 삼았던 제국들은 모두 사라졌어
이집트와 로마, 그 위대한 바빌론도
그는 사막 모래땅에 천국의 정원 만들었지
누구와도 한 침대에서 자지 않고, 누구의 명령도 받지
않고서
그는 동네 불량배지

이제 그의 가장 신성한 책들은 짓밟혀 뭉개졌어
그가 서명한 어떤 계약도 내용상의 효력을 갖지 못하지
그는 세상의 부스러기들 그러모아 부$_{富}$로 변화시켰지
아픈 자와 병든 자 모아 건강한 자로 변화시켰지
그는 동네 불량배지

어느 누구라도 그에게 빚진 것 있는가?
없어, 그들은 말하지, 그는 그저 전쟁 일으키길 좋아할
뿐이야
그건 오만이요 편견이요 미신이야, 라고
그들은 이 불량배를 기다리고 있지, 먹을 것 주길 기다리는
개처럼
그는 동네 불량배지

대체 무엇을 했기에 그는 이토록 흉터투성이인가?
그가 강의 물길을 바꾸는가? 달과 별들을 오염시키는가?

동네 불량배, 언덕 위에 서 있는
시계 밖으로 도망치는, 고요히 멈춰 선 시간
동네 불량배

## 노동조합의 황혼

그래, 내 신발, 그것은 싱가포르에서 왔지
내 손전등은 대만에서
내 식탁보는 말레이시아에서
내 허리띠 버클은 아마존에서
그리고 있잖아, 내가 입고 있는 이 셔츠는 필리핀에서 왔어
그리고 내가 모는 차는 쉐보레야
아르헨티나에서 조립되었지
하루에 30센트 버는 어떤 이에 의해

그래, 노동조합은 황혼을 맞고 있어
그리고 미국에서 만들어진 것들은
확실히 좋은 아이디어였지
탐욕이 끼어들기 전까지는

그래, 이 실크 드레스는 홍콩에서 만든 것
그리고 진주는 일본에서
음, 개목걸이는 인도에서 만든 거야
화분은 파키스탄
가구들은 전부 '메이드 인 브라질'
어떤 여자가, 분명 노예처럼 일할 여자가
열두 식구 위해 하루 일당으로 받은 30센트 집으로 가져가는
그 나라 말이야
알지, 그건 그녀에게 큰돈이야

그래, 노동조합은 황혼을 맞고 있어
그리고 미국에서 만들어진 것들은
확실히 좋은 아이디어였지
탐욕이 끼어들기 전까지는

그래, 있잖아, 많은 사람들이 일자리가 없다고 불평하고 있어
난 말하지, "어째서 그런 소리를 하는 거요
당신이 쓰는 물건 중에 미국제는 하나도 없잖소?"
이 나라에서 사람들은 더이상 아무것도 만들지 않아
당신도 알지, 자본주의는 법보다 위에 있어
그것은 말하지, "덜 팔린다면 아무 의미 없다"고
비용이 너무 많이 들어 고향에 그걸 지을 수 없다면
더 싸게 먹히는 다른 어디에다가 지으면 되는 거지

그래, 노동조합은 황혼을 맞고 있어
그리고 미국에서 만들어진 것들은
확실히 좋은 아이디어였지
탐욕이 끼어들기 전까지는

그래, 예전에 당신이 가졌던 일거리들
그들은 그걸 엘살바도르에 사는 누군가에게 주었지
노동조합들은 덩치 큰 사업이야, 친구
이제는 공룡처럼 사라져가고 있지
그들은 캔자스에서 먹을거리를 재배했지

이제는 그걸 달에서 재배해서 생으로 먹을 생각을 하고 있어
그날이 오고 있다는 걸 알아 심지어 당신 집 정원 가꾸는
일조차
법에 저촉될 그런 날이

그래, 노동조합은 황혼을 맞고 있어
그리고 미국에서 만들어진 것들은
확실히 좋은 아이디어였지
탐욕이 끼어들기 전까지는

민주주의는 세계를 다스리지 않아
이 점을 머릿속에 넣어두는 게 좋을 거야
이 세상은 폭력에 의해 다스려지고 있어
음 이런 말은 안 하는 게 좋겠지만
브로드웨이부터 은하수까지 말이야
확실히 영토가 엄청나지
그리고 인간은 자신이 해야 할 일을 하기 마련이지
먹여 살려야 할 굶주린 입 있는 한

그래, 노동조합은 황혼을 맞고 있어
그리고 미국에서 만들어진 것들은
확실히 좋은 아이디어였지
탐욕이 끼어들기 전까지는

## 자만의 한걸음

사자가 한 남자의 살을 찢듯
스스로 남자 행세하는 여자도 그렇게 할 수 있지
그들은 그의 장례식에서 〈대니 보이〉를 노래했지 그리고
주기도문을
설교자는 배신당한 그리스도에 대해 이야기했어
그건 마치 땅이 입을 벌려 그를 꿀꺽 삼킨 것과 같달까
그는 너무 높이 올라갔고, 땅으로 내동댕이쳐졌지
당신도 알 거야 상승일로에 있는 잘난 인간들에게 친절하게
구는 것에 대해 사람들이 어떤 얘기를 하는지
조만간 보게 될 거야 그들이 아래로 떨어지는 모습을

음, 돌아갈 길은 없어
그대 자만의 한걸음 내디딘다면
이제 돌아갈 길은 없어

당신에게 제임스라는 이름의 형제가 있다고 들었어,
사람들의 얼굴이나 이름을 잊어선 안 돼
뺨은 움푹 파여 있고, 그리고 그는 혼혈이지
태양을 똑바로 바라보면서 그가 말했어, 복수는 나의
것이라고
하지만 그는 마시지, 마실 거리를 구할 순 있거든
한 곡만 더 불러줘, 너는 날 달만큼 사랑해와 나그네
그리고 에롤 플린과의 칼로써 망한 연애에 대한 노래를
요즘같이 순응이 유행하는 동정심의 시대에

멍청한 소리 하나 더 해줘, 마지막 못이 박혀오기 전에


음, 돌아갈 길은 없어
그대 자만의 한걸음 내디딘다면
이제 돌아갈 길은 없어


레드라는 이름의 은퇴한 사업가가 있어
천국에서 내던져진 뒤로 머리가 돌아버렸지
그는 손에 닿는 누구든 먹어치우지
그는 말했지 자긴 현금만 취급한다고 또는 비행기 추락사고
티켓을 판다고
그는 당신이 어울려 놀아나는 그런 부류들과는 달라
미스 델리아가 그의 여자야, 속물이지 그녀는
그녀는 당신의 운명을 가지고 놀라운 짓을 할 거야, 당신에게
코코넛 빵을 먹일 거야, 당신 침대의 그 양념된 빵을
당신이 어느 무덤 속에서 머리 처박고 잠드는 것에 개의치
않는다면 말이지


음, 돌아갈 길은 없어
그대 자만의 한걸음 내디딘다면
이제 돌아갈 길은 없어


음, 그들은 당신이 오늘밤 만날 남자를 고를 거야
당신은 광대짓을 하고 문들을 걸어서 통과하는 법을 배울

거야
  천국의 입구로 들어가는 법을
  아니, 당신의 것이 되기엔 너무 무거운 그런 짐 지는 법을
  그래, 그들이 바위에서 물 얻으려 애쓰는 모습 보여줄 그
무대를 통해서 말이야
  창녀는 모자를 돌릴 거야, 십만 달러를 모을 거고 감사
인사를 할 거야
  사람들은 이 모든 돈을 죄에서 얻길 좋아하고 공부 가르치는
큰 대학 세우길 좋아하지
  그들은 노래하지 〈어메이징 그레이스〉를 스위스 은행으로
가는 길 내내

  음, 돌아갈 길은 없어
  그대 자만의 한걸음 내디딘다면
  이제 돌아갈 길은 없어

  이봐, 그들은 거기서 몇몇 아름다운 사람들을 만났어
  그들은 당신에게 두려움의 대상일 수 있어 당신에게 입
닥치고 있는 법을 가르쳐줄 수 있지
  그들은 자기들 이마에다 수수께끼를 잔뜩 적어놓았지
  그들은 구유 속 아기들을 죽이지 그러고는 오직 선인善人만이
일찍 죽는다고 말하지
  그들은 자비를 믿지 않아
  그들이 심판당하는 걸 당신이 보게 될 날은 절대 오지 않아

그들은 당신을 높이 들어올릴 수 있고 큰길에다
내팽개쳐버릴 수도 있어
그들은 그들이 원하는 어떤 것으로든 당신을 바꿀 수 있어

음, 돌아갈 길은 없어
그대 자만의 한걸음 내디딘다면
이제 돌아갈 길은 없어

그래, 나 역시 그를 사랑했던 것 같아
마음속으로 아직도 볼 수 있어 그가 그 언덕을 오르던
모습을
그가 꼭대기까지 올랐을까, 글쎄 아마 그랬을 거야, 그러고는
떨어졌어
의지의 힘에 의해 쓰러뜨려졌지
이곳엔 아무도 남아 있지 않아 파트너, 도시 전체를
두려움으로 떨게 한 역병의 흙먼지만이 남아 있을 뿐
이제부터는, 이곳이 당신의 출신지가 될 거야
죽은 자는 죽은 자가 매장하게 하자. 당신의 시간은 올 거야
달아오른 쇠를 울게 하자 그가 차양을 들어올렸으니

음, 돌아갈 길은 없어
그대 자만의 한걸음 내디딘다면
이제 돌아갈 길은 없어

## 말쑥한 아이

다들 그애가 왜 적응을 못했는지 알고 싶어하지
뭐에 적응한단 말이야, 망가진 꿈에?


갠 말쑥한 아이였지만
그들은 그애를 살인자로 만들어버렸어
그게 바로 그들이 한 짓이야


그들은 위를 아래라 하고, 아닌 걸 맞다고 했지
그들은 그애 머릿속에 생각들을 주입시켰고, 그앤 그게 자기
것인 줄로만 알았지


갠 말쑥한 아이였지만
그들은 그애를 살인자로 만들어버렸어
그게 바로 그들이 한 짓이야


그애는 야구팀에 있었어, 행진 악대에 있었지
열 살이 되었을 땐 자기 가판대에서 수박을 팔았지


갠 말쑥한 아이였지만
그들은 그애를 살인자로 만들어버렸어
그게 바로 그들이 한 짓이야


그애는 일요일에 교회에 갔어, 보이스카우트였지
친구들을 위해 자기 호주머니를 탈탈 털었지

걘 말쑥한 아이였지만
그들은 그애를 살인자로 만들어버렸어
그게 바로 그들이 한 짓이야

그들은 말했어, "들어봐 꼬마야, 넌 그저 풋내기일 뿐이야"
그들은 그애를 가꿔주려고 네이팜 헬스 스파에 보냈지

그들은 그애에게 마리화나를 줬고, 술과 알약을 줬어
몰고 다닐 지프를 줬고, 피 흘릴 거리를 줬어

그들은 말했지, "축하해, 이제 필요한 건 다 갖췄구나"
그들은 절대 멈추지 않는 무한 경쟁의 세상 속으로 그애를
되돌려보냈지

걘 말쑥한 아이였지만
그들은 그애를 살인자로 만들어버렸어
그게 바로 그들이 한 짓이야

그애는 아메리칸 드림을 샀지만 빚만 떠안았지
그애가 할 수 있었던 게임은 러시안 룰렛뿐

그애는 코카콜라를 마셨어, 원더 브레드를 먹고 있었어
버거킹을 먹었지, 그애는 아주 잘 먹었어

그애는 피터 오툴*을 만나려고 할리우드로 갔지
롤스로이스를 훔쳐 몰다가 수영장 안으로 처박아버렸지

그들은 말쑥한 아이를 데려다가
살인자로 만들어버렸어
그게 바로 그들이 한 짓이야

그애는 보험을 팔았을 수도, 레스토랑이나 바를 운영했을
수도 있어
회계사나 테니스 스타가 됐을 수도 있지

그애는 권투 글러브를 끼고 있었어, 그러던 어느 날
뛰어들어버렸지
금문교 위에서 차이나만으로

그애 엄마는 마루를 왔다갔다했고, 그애 아빠는 울며
신음했지
그들은 자기네 소유가 아닌 집에서 함께 자야만 했지

그들은 말쑥한 아이를 데려다가
살인자로 만들어버렸어
그게 바로 그들이 한 짓이야

글쎄, 다들 그애가 왜 적응하지 못했느냐고 물어
그애가 원했던 건 단지 믿을 수 있는 누군가였을 뿐

그들은 그애의 머리를 가져다 그 속을 완전히 뒤집어놨어
뭐가 어떻게 돌아가는지 그애는 전혀 알지 못했지

그애는 안정적인 수입이 있었어, 성가대에 들어갔지
높은 데서 위험하게 줄타기 할 생각은 전혀 없었지

그들은 말쑥한 아이를 데려다가
살인자로 만들어버렸어
그게 바로 그들이 한 짓이야

* 아일랜드 출신 배우(1932~2013).

# 정치적 세계

우리는 정치적 세계에 살고 있다
사랑이 머물 자리는 어디에도 없다
우리는 사람들이 범죄를 저지르는 시대에 살고 있다
그리고 범죄에는 얼굴이 없다

우리는 정치적 세계에 살고 있다
늘어진 고드름들
결혼식 종이 울리고 천사들이 노래한다
구름이 땅을 뒤덮는다

우리는 정치적 세계에 살고 있다
지혜는 감옥에 내던져졌다
감방에서 썩고 있다, 지독히도 오도되어
그 자취 찾으려는 자 하나 남기지 못한 채

우리는 정치적 세계에 살고 있다
자비가 판자 위를 걸어가는*
인생은 거울들 속에 있다, 죽음은 사라진다
계단을 올라 가장 근처에 있는 둑으로

우리는 정치적 세계에 살고 있다
용기는 과거의 것일 뿐인
집들은 귀신 들렸고, 누구도 아이들을 원치 않는다
다음날은 당신의 마지막 날이 될 수도 있다

우리는 정치적 세계에 살고 있다
볼 수 있고 느낄 수 있으나
아무도 점검하지 않는다, 그것은 그저 농간 부린 카드 한 벌일 뿐
우리 모두는 분명히 알고 있다 그게 현실임을

우리는 정치적 세계에 살고 있다
외로운 두려움의 도시에서
조금씩 조금씩 당신은 한가운데로 오게 된다
하지만 자신이 왜 여기에 있는지 확신하지 못한다

우리는 정치적 세계에 살고 있다
현미경 아래에서
당신은 어디든 여행할 수 있고 거기서 스스로 목매달 수 있다
당신에겐 언제나 넘치도록 많은 밧줄이 있다

우리는 정치적 세계에 살고 있다
빙빙 돌며 요동치는
깨어나자마자 당신은 훈련된다
가급적 쉬워 보이는 해결책을 선택하게끔

우리는 정치적 세계에 살고 있다

평화가 전혀 환영받지 못하는
그것은 문전박대당하여 좀더 떠돌거나
막다른 길로 내몰린다

우리는 정치적 세계에 살고 있다
모든 것이 그녀의 것이거나 그의 것인
체제 속으로 기어들고 신의 이름을 외치는
하지만 그게 무엇인지 당신은 확신하지 못한다

* 눈을 가린 채 뱃전에서 밖으로 내민 판자 위를 걸어 바다에 빠지게 하던 옛 형벌을 가
리킨다.

# 붉은 하늘 아래


작은 소년이 한 명 있었어, 작은 소녀도 한 명 있었지
그들은 붉은 하늘 아래 골목에서 살았네
작은 소년이 한 명 있었어, 작은 소녀도 한 명 있었지
그들은 붉은 하늘 아래 골목에서 살았네

노인이 한 명 있었어, 그는 달에서 살았지
어느 여름날, 그가 옆을 지나갔네
노인이 한 명 있었어, 그는 달에서 살았지
그리고 여름날, 그가 옆을 지나갔네

작은 소녀야, 언젠가 너에겐 모든 게 새로워질 거란다
작은 소녀야, 언젠가 넌 네 신발만큼이나 큰 다이아몬드를
가지게 될 거란다

바람아 낮게 불어라, 바람아 높게 불어라
어느 날, 작은 소년과 작은 소녀 둘 다 파이로 구워졌다네
바람아 낮게 불어라, 바람아 높게 불어라
어느 날, 작은 소년과 작은 소녀 둘 다 파이로 구워졌다네

자, 왕국으로 가는 열쇠야, 여기가 그 마을이란다
자, 여기저기 널 안내해줄 눈먼 말이란다

새야 노래 불러라, 새야 날아가거라
어느 날, 달에 살던 그 남자는 집으로 갔고 강은

말라버렸다네
　새야 노래 불러라, 새야 날아가거라
　달에 살던 그 남자는 집으로 갔고 강은 말라버렸다네

## TV에 대해 떠드는 노래

런던에서 한번은 바깥으로 산책을 나갔어
하이드 파크라고 불리는 곳을 지나갔지, 거기선 사람들이
온갖 신이란 신들에 대해 얘기하고 있었네, 그리고 자신만의
관점을 가지고 있었어
지나가는 모든 이들에 대해, 바로 그들에게 얘기를 하고
있었지

플랫폼에서 누군가가 사람들에게 말하고 있었어
TV라는 이름의 신과 그것이 일으키는 모든 고통에 대해
"너무 밝은 빛이에요," 그가 말했지, "누가 보기에도 말이죠
당신이 그걸 한 번도 본 적이 없다면 정말이지 다행한
일이에요"

난 더 가까이 다가갔어, 발꿈치를 들었지
내 앞에서 두 사람이 주먹다짐을 하고 있었어
그 남자는 아이들에 대해 뭔가 말하고 있었네, 그애들이
어렸을 때
자장가를 들으면서 TV에 희생당했던 일에 대해

"오늘의 뉴스는 항상 틀어져 있어요
모든 최신 가십들, 모든 최신 라임들
당신의 정신은 당신의 사원이죠, 그걸 계속 아름답고
자유롭게 유지하세요
당신이 못 보는 무언가가 거기에 알을 까지 못하게 하세요"

"평화를 위해 기도를!" 그는 말했어, 군중들 속에서도 느낄
수 있었지
   내 정신은 산만해지기 시작했네. 그의 목소리가 크게
울려댔지
   "그건 당신의 가족을 파괴할 겁니다, 당신의 행복한 가정은
사라졌어요
   일단 그걸 틀고 나면 누구도 당신을 보호할 수 없죠"

   "어떤 이상한 것들을 추구하도록 그게 당신을 이끌 거예요
   금단의 열매가 열린 땅으로 이끌 거예요
   당신 머릿속을 휘젓고 당신 뇌를 끌고 다닐 테죠
   때로는 엘비스가 했듯이 그래야만 해요, 그 망할 것을
쏴버려야 한다고요"

   "그건 다 계획되었어요," 그는 말했네, "당신이 정신을 잃도록
말이에요
   그리고 그걸 되찾으러 갈 땐 아무것도 찾을 게 없을 거예요
   당신이 그걸 볼 때마다 상황은 더 악화된다고요
   그게 당신을 잡아채려는 게 느껴진다면, 간호사를 부르세요"

   군중은 폭동을 일으키기 시작했지, 그리고 그 남자를
붙잡았네
   서로 떠밀고, 밀치고, 그러다 모두가 뛰었네

방송국 사람들이 거기서 그걸 찍고 있었지, 그들이 곧장
나를 향해 뛰어들었어
그리고 그날 저녁, 난 그걸 TV에서 봤다네

## 둘둘씩

하나하나씩, 그들은 태양을 따라갔네
하나하나씩, 한 사람도 남지 않을 때까지
둘둘씩, 그들은 자기네 연인에게로 달려갔지
둘둘씩, 안개 자욱한 이슬 속으로
셋셋씩, 그들은 바다 위에서 춤을 추었어
넷넷씩, 그들은 해변에서 춤을 추었지
다섯다섯씩, 그들은 살아남기 위해 노력했어
여섯여섯씩, 그들은 속임수를 쓰고 있었네

얼마나 많은 길을 그들은 걸었고 실패했나?
얼마나 많은 그들의 형제자매들이 감옥에 남아 있나?
얼마나 많은 독을 그들은 들이마셨나?
얼마나 많은 검은 고양이들이 그들의 길을 건너갔나?

일곱일곱씩, 그들은 천국으로 향했네
여덟여덟씩, 그들은 입구에 다다랐지
아홉아홉씩, 그들은 와인을 마셨어
열열씩, 그들은 다시 그걸 마셨네

얼마나 많은 내일을 그들은 거저 줘버렸나?
어제에 비해 얼마나 더 많이?
어떤 보상도 없이 얼마나 더 많이?
얼마나 더 많이 그들은 내놓을 수 있나?

둘둘씩, 그들은 노아의 방주에 올라탔어
둘둘씩, 그들은 어둠 속에서 발을 내디뎠네
셋셋씩, 그들은 열쇠를 돌리고 있지
넷넷씩, 그들은 그걸 좀더 돌리고 있어

하나하나씩, 그들은 태양을 따라가네
둘둘씩, 또다른 약속의 장소로

# 트위들 디와 트위들 덤

트위들-디 덤과 트위들-디 디
나무에 칼을 던지고 있네
시체의 뼈가 담긴 커다란 자루 두 개
쉬지 않고 죽어라 일만 하고 있지
놋의 땅에 살면서
자신들의 운명을 신의 손에 맡긴 채
그들은 정말 조용히 지나가네
트위들-디 덤과 트위들-디 디

글쎄, 그들은 시골로 가고 있어, 머지않아 은퇴할 거야
욕망이라는 이름의 전차를 타고 있지
창 너머로 피칸파이를 쳐다보고 있네
그들이 좋아하는 하겠지만 절대 사지는 못할 정말 많은 것들
누구 하나 뒤돌아서서 도망치지 않을 거야
그들은 태양을 향해 항해하고 있지
"우리 주인님께서 날 부르시는 목소리가 들려,"
트위들-디 덤이 트위들-디 디에게 말하네

트위들-디 디와 트위들-디 덤
그 모든 것, 아니 그 이상, 그리고 조금 더
그들은 장엄한 나무들 사이로 걸어가네
산들바람의 비밀을 알지
트위들-디 덤이 트위들-디 디에게 말해
"난 너의 존재가 몹시도 못마땅해"

그들은 마치 여자 무릎 위에 앉아 있는 아기들 같네
트위들-디 덤과 트위들-디 디

글쎄, 그들은 행복하고 사이좋게 살아가고 있어
트위들-디 덤과 트위들-디 디
그들은 하루만큼 더 나이를 먹었고, 1달러가 부족해
가두행진을 허가받고 경찰의 호위를 받네
트위들-디 디, 그는 네 발로 기어
"제게 뭐라도 좀 던져주세요, 선생님, 제발요" 하면서
"너한테 좋은 게 나한테도 좋은 거지,"
트위들-디 덤이 트위들-디 디에게 말하네

글쎄, 불사를 바라는 것은 유치한 꿈
고귀한 진실은 성스러운 교리라네
그들은 바짝 엎드려 건초를 말리고 있지
갈 데까지 가보기로 결정한 모양이야
하나는 비열하고 딱한 노인네이고
나머지 하나는 네가 선 곳에서 널 찌를 거야
"난 너랑 너무 오랫동안 함께해왔어,"
트위들-디 덤이 트위들-디 디에게 말하네

## 산 위에 천둥이

산 위에 천둥이 쳐, 달에 불이 났네
골목에 소동이 벌어졌고 태양은 곧 여기로 올 거야
바로 오늘이지, 내 트롬본을 붙잡고 불어댈 거야
글쎄, 여기 화제의 뉴스가 있군, 내가 가는 모든 곳마다
화제의 뉴스가 있네
난 얼리샤 키스*를 생각하고 있었지, 울지 않을 수 없었어
그녀가 우범지역에서 태어났을 때, 난 바로 한 길 건너에
살고 있었거든
얼리샤 키스가 대체 어디 있는 건지 궁금해
그녀를 찾아 심지어 테네시를 샅샅이 뒤졌다니까
내 영혼이 부풀기 시작하는 듯한 기분이야
내 마음속을 들여다보면 너도 좀 이해할 테지
네가 날 여기 데리고 왔어, 이제 넌 내게서 도망을 치려 하네
벽에 있는 글자, 와서 그걸 읽어봐, 뭐라고 하나 보라고

산 위에 천둥이 쳐, 드럼 소리처럼 우르르르거리지
저기서 잘 거야, 그곳이 바로 음악이 나오는 곳이거든
안내자는 누구도 필요 없어, 난 이미 길을 알고 있지
이걸 기억하라고, 난 밤이나 낮이나 네 하인이란 걸
권총을 빵빵 쏘고 있어, 그리고 전기가 나갔지
난 뭔가 해보고 싶어, 하지만 마을에서 너무 멀리 떨어져
있네
태양은 계속 빛나고 있고 북풍은 속도를 올리고 있어
잠시 나 자신에 대해선 잊을 거야, 밖에 나가서 다른 이들이

뭘 필요로 하는지 봐야겠군
　난 계속 앉아서 사랑의 기술을 연구하고 있지
　그게 내게 안성맞춤인 것 같아
　내겐 내가 하라는 대로 해줄 정말 좋은 여자가 좀 필요하지
　다들 오늘의 이 잔인한 세상이 어디가 잘못된 건지
생각해봐야만 해

　산 위에 치는 천둥소리가 땅에서도 들려
　아침에 일어나서 험한 길을 걸어갈 거야
　어느 달콤한 날, 난 나의 왕 옆에 나란히 설 거라고
　난 너의 사랑이나 그 어떤 것도 배신하지 않을 거야
　나의 군대를 일으킬 거야, 아주 가차없는 개자식들로
　고아원에서 신참들을 모집할 테야
　난 세인트 허먼 교회에 가봤지, 난 종교적 서약을 했네
　난 천 마리 암소의 젖을 빨았어
　내게는 돼지갈빗살이 있고, 그녀에겐 파이가 있지
　그녀는 천사 같은 게 아니야, 나도 아니지
　네 탐욕이 부끄러운 줄 알라고, 네 사악한 흉계도 부끄러운
줄 알아
　난 이렇게 말할 거야, 네 꿈 따위에는 아무 관심도 없다고

　산 위에 천둥이 쳐, 최대한 육중하게
　비열하고 교활한 사기꾼이 나를 압박해
　워싱턴의 모든 여자들이 도시에서 빠져나오려고 허둥대고

142

뭔가 나쁜 일이 일어날 것만 같아, 빨리 너희들의 비행기를
착륙시키는 게 좋을 거야

다들 가고 있지, 나도 가고 싶네

새로운 누군가에게 모험을 걸어보고 싶진 않아

난 할 수 있는 걸 다 했어, 바로 그때 그 자리에서 다
했다니까

난 이미 고백했네, 다시 고백할 필요는 없겠지

돈을 정말 많이 벌 거야, 북쪽으로 올라갈 거라고

씨를 뿌릴 거야, 이 땅이 가져다주는 걸 수확할 거야

망치가 테이블 위에 있어, 소리굽쇠가 선반에 있지

빌어먹을, 넌 너 자신을 불쌍히 여겨야만 해

* 미국 가수이자 배우(1981~).

143

## 노동자의 블루스 #2

마을에 저녁 안개가 내렸네
시냇가의 별빛
프롤레타리아 계급은 구매력이 떨어졌지
돈은 점점 얄팍하고 무력해지고 있어
내가 가장 사랑하는 곳은 달콤한 추억 속
그건 우리가 디딘 새로운 길이야
그들은 낮은 임금이 현실이라 말하네
우리가 해외에서 경쟁하려면 어쩔 수 없다고

내 잔인한 무기들은 다시 선반 위로 돌아갔네
와서 내 무릎에 앉아
넌 내게 나 자신보다도 소중한 사람
너도 보다시피
난 강철 레일이 흥얼대는 소릴 듣고 있어
두 눈을 꼭 감고 있지
난 그저 굶주림이 찾아오지 못하게
내 뱃속으로 기어들어오지 못하게 하고 있을 뿐

밑바닥에서 나랑 만나, 뒤처지지 말라고
내게 내 부츠와 신발을 가져다줘
뒤에 남아도 되고 최전선에서 최선을 다해 싸워도 돼
이 노동자의 블루스를 조금만 불러줘

난 다시 항해를 떠나, 장거리 수송을 준비중이야

모든 걸 두고 가네
만일 여기 있으면 난 그것들을 다 잃고 말 테지
노상강도들이 날 몽땅 털어먹을 거야
난 나의 영혼을 생각들로 배불리려 하고 있어
하루종일 잠만 잘 거야
누구도 네 것을 원치 않을 때가 있지
그걸 줘버릴 수도 없을 때가 있다니까

아침에 깨어나 자리에서 벌떡 일어났어
충동적으로 시내엘 나갔지
거리에서 아버지를 봤어
적어도 내 생각엔 그가 그 사람 같았지
어둠 속에서 난 밤의 새들이 우는 소릴 들어
언덕은 바위투성이에다가 가파르기까지 하지
부엌에서 잠을 자는데 내 발은 현관에 있네
만일 내 이야기를 다 들려주면 넌 울어버리고 말 거야

밑바닥에서 나랑 만나, 뒤처지지 말라고
내게 내 부츠와 신발을 가져다줘
뒤에 남아도 되고 최전선에서 최선을 다해 싸워도 돼
이 노동자의 블루스를 조금만 불러줘

그들은 내 헛간을 태우고 내 말을 훔쳤어
땡전 한 푼 모을 수가 없네

갈 길이 멀지, 그리고 난 그런 상태에 몰리고 싶진 않아
되풀이되는 범죄의 삶에는 말이지
나 스스로도 알 수 있어, 태양이 지고 있다는 걸
짙푸른 바다의 제방 위로
말해줘, 내가 그렇게 생각하는 게 틀린 건지
네가 날 잊었다고 생각하는 게 말이야

이제 그들은 걱정하고 서두르고 법석을 떨고 조바심을 내네
그들은 너의 밤과 낮을 헛되게 하지
그들을, 나는 잊을 거야
너야, 늘 내가 기억하겠지
춥고 어두운 밤이야, 한여름의 저녁이지
그리고 별들은 빙글빙글 돌아가고 있네
여전히 믿기지가 않아
내가 쓰러지면 누가 날 발로 걷어차고 말 거란 걸 말이야

밑바닥에서 나랑 만나, 뒤처지지 말라고
내게 내 부츠와 신발을 가져다줘
뒤에 남아도 되고 최전선에서 최선을 다해 싸워도 돼
이 노동자의 블루스를 조금만 불러줘

한 달이나 두 달쯤 후에 집에 돌아올게
포도나무에 서리가 내릴 때
난 나의 창槍을 꽉 박아버릴 거야

네 척추 한가운데까지
별이 빛나는 하늘 향해 두 팔을 치켜들 거야
그리고 도망자의 기도를 드려야지
아마 내일도 태양은 떠오르는 거겠지
난 최후의 심판이 공정하길 바라네

언덕 위의 전투는 다 끝났어
엷은 안개가 밀려오네
날 봐, 그 모든 전리품들에도 불구하고
내가 뭘 얻기나 한 건지?
완전 새 양복과 완전 새 부인이 생겼어
난 쌀과 콩만 먹고도 살 수 있다네
어떤 이들은 평생 하루도 일해본 적이 없지
그들은 일한다는 게 어떤 의미인지도 몰라

밑바닥에서 나랑 만나, 뒤처지지 말라고
내게 내 부츠와 신발을 가져다줘
뒤에 남아도 되고 최전선에서 최선을 다해 싸워도 돼
이 노동자의 블루스를 조금만 불러줘

# 만일 휴스턴에 가게 된다면

만일 휴스턴에 가게 된다면
똑바로 걷는 게 좋을 거야
손은 계속 주머니에 넣어두고
권총 벨트는 꽉 매어둬
넌 화를 자초하게 될 거야
싸울 거릴 찾는다면 말이지
만일 휴스턴에 가게 된다면
그래, 똑바로 걷는 게 좋을 거야

만일 거기 가게 된다면
바그비 그리고 러마에
조심하는 게 좋을 거야
빛나는 별을 단 사람을
그리고 조심해서 다니는 게 좋을 거야
아니면 그냥 그 자리에서 꼼짝을 말라고
만일 거기 가게 된다면
바그비 그리고 러마에

난 이 거리를 알아
전에 와본 적이 있다네
여기서 거의 죽을 뻔했어
멕시코 전쟁 때 말이야
늘 뭔가가
날 또 이곳으로 돌아오게 만드네

난 이 거리를 알아
전에 여기 와본 적이 있지

만일 댈러스에 가게 된다면
메리 앤에게 안부 전해줘
여전히 내가 방아쇠를 당기고 있다고 말해줘
할 수 있는 한 최선을 다해 버티고 있다고
만일 그녀의 자매 루시를 본다면
내가 거기 없어서 미안하다고 말해줘
그녀의 다른 자매인 벳시에겐
참회의 기도를 드리라고 전해줘

열이 멈추질 않네
머릿속이 불타고 있어
앞으로 계속 달려나가야만 해
일을 망쳐버릴 순 없지
난 여기 왔을 때랑 똑같이
여기를 떠날 거야
열이 멈추질 않네
머릿속이 불타고 있어

만일 오스틴에 가게 된다면
포트워스나 샌안토니오로
내가 푹 빠졌었던 술집을 찾아

내 추억을 집으로 좀 보내줘
내 눈물을 병에 담고
뚜껑을 꼭 잠가서 말이야
만일 휴스턴에 가게 된다면
똑바로 걷는 게 좋을 거야

# 문제없어

나에 대해 얘기해봐 자기야, 꼭 그래야겠다면
험담을 해봐, 더 난처하게 만들어봐
나도 똑같이 할 거야, 그럴 수만 있다면
사람들이 하는 말 들었잖아, 아무 문제 없다고들 말이야
다 괜찮아
문제없지

거짓말을 일삼는 거물 정치인들
레스토랑 부엌엔 파리들이 가득해
조금의 차이도 두지 마, 왜 그래야 하는지 이해하지 마
내가 뭔가 말해줄게, 아무 문제 없다니까
문제없어
문제없지

부인들이 남편들을 떠나고 있어, 그들은 떠돌기 시작하네
파티장을 떠나, 그리고 절대 집으로 안 돌아가지
난 그걸 바꾸지 않을 거야, 설령 그럴 수 있다 해도
맨날 듣는 뻔한 얘기지, 아무 문제 없어
문제없지
다 괜찮아

야금야금, 그들은 널 무너뜨리지
찻잔 하나에 담긴 물로도 익사시키기엔 충분해
오일을 점검해봐, 엔진을 검사해봐

네가 뭘 보든, 아무 문제 없지
다 괜찮아
말해봐, 아무 문제 없다고

전원에 사는 사람들, 시골에 사는 사람들
몇몇은 너무 아파, 제대로 일어설 수조차 없지
모두들 떠나고 말 거야, 그럴 수만 있다면
믿긴 힘들지만, 아무 문제 없다네
그래

과부의 울음, 고아의 애원
어디서나 너는 보네, 더 많은 비참함을
나와 함께 가자, 자기야, 네가 그래줬음 좋겠어
내가 무슨 말 하는지 알잖아, 아무 문제 없어
다 괜찮아, 문제없다고 했잖아
다 괜찮아

냉혹한 살인자, 거리를 활보하네
경찰차 불빛이 깜박거려, 뭔가 나쁜 일이 벌어져
주변에선 건물들이 무너지네
아주 확실해, 아무 문제 없지
문제없어
그들은 아무 문제 없다고 말하네

네 턱수염을 잡아 뜯어 얼굴에다 불어버릴 거야
내일 이맘때면 난 너희 집에서 빈둥거리고 있을 테지
잠깐 다녀올게, 장작 좀 가지러
그게 현실이야, 그리고 아무 문제 없지
문제없어

# 피의 대가

이봐, 난 열심히 살아나가고 있어, 꾸준하고도 확실히
내가 인내해야 하는 이 삶보다 더 가련한 건 없을 거야
난 태양이 비추는 빛에 흠뻑 젖었지
네가 저지른 잘못 때문에 난 돌로 널 쳐서 죽일 수도 있어

조만간 넌 실수를 저지르고 말 거야
난 절대 끊어버릴 수 없는 사슬로 널 묶어버릴 거야
두 다리와 두 팔, 그리고 몸뚱이와 뼈
난 피로 대가를 지불해, 하지만 내 피는 아니지

밤이면 밤마다, 낮이면 낮마다
그들은 네 쓸모없는 희망을 벗겨내버리네
더 많이 가질수록, 난 더 많이 주지
더 많이 죽을수록, 난 더 많이 살아

내 호주머니 속엔 네 눈이 돌아가게 할 뭔가가 있어
네 사지를 갈기갈기 찢어놓을 개들이 있지
난 남쪽 지역을 빙글빙글 돌고 있어
난 피로 대가를 지불해, 하지만 내 피는 아니지

또다른 정치인이 오줌을 싸대고 있어
또다른 누더기 걸친 걸인이 네게 키스를 날리네
인생은 짧아, 그리 오래가지 않지
그들은 아침에 널 목매달고 네게 노래를 불러줄 거야

누군가 네 와인에 마약을 흘려넣은 게 틀림없어
넌 그걸 꿀꺽 한입에 삼키고 정신을 잃었지
내 머리는 아주 단단해, 돌로 만들어졌나봐
난 피로 대가를 지불해, 하지만 내 피는 아니지

내가 어떻게 집으로 돌아왔는지 아무도 몰라
그리고 그 많은 공격에서 내가 어떻게 살아남았는지도
난 지옥을 지나왔어, 그게 다 무슨 소용이었나?
내 의식은 또렷해, 넌 어떠니?

내가 널 재판할 거야, 내가 네 지갑을 뚱뚱하게 해줄게
우선 내게 네 덕성을 보여줘
내가 외치는 소릴 들어, 내가 신음하는 소릴 들어
난 피로 대가를 지불해, 하지만 내 피는 아니지

넌 침대에서 네 연인을 물었어
이리로 와, 내가 네 더러운 머리를 박살내줄게
우리의 국가는 구원받고 해방되어야만 해
넌 살인죄로 기소됐지, 어떻게 변론할 거니?

이게 내가 삶을 사는 방법이야
난 묻으러 왔지, 찬양하러 온 게 아니라고
실컷 퍼마시고는 혼자 잘 거야

난 피로 대가를 지불해, 하지만 내 피는 아니지

# 진홍빛 마을

내가 태어났던 진홍빛 마을
그곳엔 담쟁이덩굴과 은빛 가시가 있지
거리에 붙은 이름들은 뭐라 읽을 수도 없어
금의 가치는 1온스의 사분의 일밖에 안 돼

음악이 시작돼, 사람들은 몸을 흔들어
다들 말해, 저랑 같은 방향이세요?
엉클 톰은 여전히 엉클 빌 밑에서 일하고
진홍빛 마을은 언덕 아래에 있어

오월의 진홍빛 마을
임종의 자리에 놓인 스위트윌리엄*
침대 옆에 있는 정부 메리가
그의 얼굴에 키스하네, 그의 머리 위로 기도를 잔뜩
퍼부어주지

정말 용감해, 정말 진실해, 정말 상냥하지 그는
난 그를 위해 울어줄 거야, 그도 나를 위해 울어줄 테니
리틀 보이 블루**야, 어서 네 뿔피리를 불려무나
내가 태어났던 진홍빛 마을에서

뜨거운 정오의 진홍빛 마을
그곳엔 종려나무 이파리 그림자와 드문드문 핀 꽃들이
있다네

걸인들은 마을 입구 앞에 웅크리고 있지
도움의 손길이 있긴 하지만 그건 너무 늦게 찾아오네

돌이 널린 들판의 대리석판 위에
넌 너의 변변찮은 소원을 빌고
난 그 의복을 만졌지, 하지만 옷단이 뜯어져 있었어
내가 태어났던 진홍빛 마을에서

진홍빛 마을에 종말이 머지않았어
세계 7대 불가사의가 이곳에 있지
선과 악이 나란히 사이좋게 살아가
모든 인간의 모습들이 아름답게만 보여

네 마음을 접시 위에 올려두고 봐, 그걸 누가 물지 말이야
누가 널 안고 굿나잇 키스를 할지 보라고
작은 호두나무 숲이 있고 단풍나무 숲이 있어
진홍빛 마을에선 울어봤자 아무 소용 없을 거야

진홍빛 마을에서 넌 네 아버지의 적들과 싸우지
언덕 위로는 차가운 바람이 불어와
넌 높은 곳에서 싸워, 넌 낮은 곳에서 싸우지
넌 위스키, 모르핀, 진과 싸우지

네 다리는 남자들을 미치게 해

우리가 했었다면 좋았을, 그러나 하지 않은 아주 많은 일들
진홍빛 마을에서 하늘은 맑아
넌 신께 빌 거야, 바로 이곳에 머물게 해달라고 말이지

레코드를 걸어 조, 〈마루를 왔다갔다〉를 틀어달라고
가슴이 납작한 나의 약쟁이 창녀를 위해 그걸 틀어줘
난 늦게까지 안 자고 깨어 있어, 벌충을 하고 있지
천국의 미소가 내려오는 동안

만일 사랑이 죄악이라면 아름다움은 범죄야
모든 것들은 아름다워, 전성기 때는 말이지
검은 피부와 흰 피부, 노란 피부와 갈색 피부
그들이 모두 널 위해 여기 있어, 이 진홍빛 마을에

* 수염패랭이꽃.
** 동요의 주인공으로, 파란 옷을 입은 양치기 소년.

# 바람 부는 길 위에 선 자의 노래

서대경(시인)

밥 딜런 시선집 1 『다시 찾은 61번 고속도로』는 밥 딜런 일생의 노랫말을 집대성한 『밥 딜런: 시가 된 노래들 1961-2012』(2016) 가운데 사회비판적이고 저항정신이 두드러지는 52편의 작품을 골라 엮은 것이다. 굳이 밥 딜런이 노벨문학상 수상 '작가'라는 사실을 언급하지 않더라도 여기에 실린 그의 작품들을 읽어본 이라면 그의 노랫말이 그 자체로 독특하고 빼어난 '시'라는 것을 의심치 않을 거라고 생각한다. 그런 의미에서 딜런의 시를 그에 맞춤한 시집의 형태로 만날 수 있다는 것은 옮긴이로서, 그리고 한 사람의 독자로서 반갑고 기쁜 일이다.

소위 사회비판적인 시들, 민중을 이야기하고 자유와 정의를 설파하는 시들에서 감상성, 도덕적 엄숙주의, 편협한 이분법적 사유의 상투성 등을 보게 될 때가 있다. 밥 딜런 역시 사회를 노래하고 자유와 정의를 말하지만, 그의 시에는 이른바 '인생을 스푼으로 재려는' 자들의 공허하고 관념적인 언어가 끼어들 자리가 없다. 그의 시는 칼날처럼 예리한 통찰력과 미학적 균형감각을 뽐내면서도 또한 거침없이 자유롭고 생생하며 구체적이다.

모든 살아 있는 예술, 살아 있는 사유와 철학이 그러한 것처럼, 그의 노래는 이른바 '바람 부는 길' 위에 뿌리박고 있다. 바람 부는 길 위에 서 있기에, 그의 목소리에는 현실을 있는 그대로 마주하는 자의 당당함이 배어 있다. '웨더맨'이 없어도 바람이 어디로 부는지를 온몸으로 느끼는 자의 직관이 담겨 있다. 더이상 바람 부는 길 위에 서 있지 않은 자들, '너무 많은 무'를 잊기 위해 욕망으로, 돈으로, 권력으로 도피하는 속물들이 지배하는 이 세상에서 억압받고 찢기고 소외당하는, 그럼에도 삶의 광채를 잃지 않는 사람들에 대한 자연스러운 연대의식과 애정이 또한 깃들어 있다. 내면의 목소리에 귀 막지 않는, 엉망진창인 삶의 밑바닥을 정직하게 뒹굴면서, 그 어떤 권위와 억압에도 예속되지 않으려는 자유로운 도보 여행자의 정신이야말로 그의 시에 들끓는 특유의 에너지의 원천이다.

> 사람들이여 한데 모이라
> 그대가 떠돌고 있는 그곳 어디든
> 그대 주위로 물이
> 점점 차오르고 있음을 인정하라
> 그리고 받아들이라 곧
> 그대가 뼛속까지 흠뻑 젖으리라는 걸
> 그대의 시간이 그대에게 아낄 가치가 있는 것이라면
> 헤엄치는 게 좋을 것이다, 그러지 않으면 돌처럼
> 가라앉으리라
> 시대가 변하고 있으므로

「시대는 변하고 있다」 중에서

자유와 변화에의 열망이 가득하던 1960년대 미국의 거리에서 앳된 얼굴의 청년 밥 딜런은 하모니카를 불고 기타를 치며 '시대가 변하고 있다'고 노래했다. 우리의 삶이 근본적으로 변화해야 한다고 호소했다. 그때 그가 바라보던 세상의 풍경과 지금 우리가 살고 있는 세상의 모습은 얼마나 같고 얼마나 다를까? 그 시대로부터 우리는 얼마나 멀리 왔는가? 지금 우리 주위로 물이 점점 차오르고 있음을 우리는 다만 모른 척하고 있지는 않은가?

# 턴테이블 시론 1: 귀를 위한 시

황유원(시인)

이것은 손으로 넘기는 시집이 아니라 (어디까지나 비유적으로) 턴테이블 위를 빙빙 돌아가는 말과 소리의 향연이다. 분명 요즘 시대에 희귀하고도 귀한 것이다. 밥 딜런의 노래는 다른 가수들의 그것과는 다른데, 무엇보다 가사의 높은 문학적 수준에서 그러하다. 또한 밥 딜런의 가사는 다른 시인들의 시와도 다른데, 무엇보다 빼어난 노래로서 그것이 지닌 파급력에서 그러하다. 나는 밥 딜런의 앨범들을 '턴테이블 시집'으로 본다.

턴테이블 시의 첫번째 특징은 시가 늘 목소리를 통해 전달된다는 점이다. 보통 시인들도 낭독을 하지만 애초에 '소리 내어 읽을' 목적으로 쓰이는 시는 많지 않을 것이다. 턴테이블 시를 쓰는 사람에게 시란 종이가 아닌 늘 실제 공간 속에 울려퍼지는 것이다. 그리하여 우리는 그것을 (눈으로) 읽지 않고 (귀로) '듣는다'. 때로는 두 눈을 지그시 감고서. 하지만 밥 딜런의 노래는 눈을 감았다고 해서 방심할 수 없다. 그가 끊임없이 뱉어내는 폭포수 같은 말들의 의미를 이해하기 위해서라도 정신을 바짝 차리고 있어야 하고, 때로는 그의 말 자체가 우리의 정신을 번쩍 깨우기도 하기 때문이다. 그러니까 딜런의 노래는 왠지 모르게 '듣고' 있으면서도 '읽는' 느낌이랄까. 우리는 그의 화려한 말재간에 넋이 나가기도 하고, 이쪽 편도 저쪽 편도 들지 않은 채 멀리서 모든 것을 관조하는 듯한 느낌 때문에 때로는 그것의 진위를 의심하기도 한다.

(물론 본인이 "담배를 끊어서 그랬다"고 주장했던 《내슈빌 스카이라인》(1969) 시절의 감미로운 목소리도 있지만) 딜런의 전매특허는 아무래도 허스키하고 신경질적이면서도 진지한 목소리일 것이다. 그리고 이런 그의 목소리는 누군가/무언가를 날카롭고도 시니컬하게 비판할 때 가장 잘 어울린다. 밥 딜런 시선집 1 『다시 찾은 61번 고속도로』에는 딜런이 주로 그런 목소리로 불렀던 노래들의 가사가 실려 있다.

소위 '시대의 목소리'로서 딜런이 목소리를 드높였던 시기는 그가 뉴욕으로 가 본격적인 활동을 시작하던 1961년에서 64년 무렵이다. 이 시기에는 주로 실제 사건들에서 소재를 얻어 만든 '토피컬 송(topical song)'을 불렀는데, 재미난 사실은 그 비판의 대상이 전방위적이었다는 것이다. 이를테면 「누가 데이비 무어를 죽였나?」에서는 경기중 사망한 권투선수를 두고 심판, 관중, 매니저, 도박꾼, 기자, 상대 선수를 차례로 불러내며 그들, 그리고 그들의 무책임한 변명을 공격 타깃으로 삼고 있는데, 그 죽음이 그중 누구만의 잘못이라고 특정할 수 없음에도 불구하고 결국 그 책임에서 자유로울 수 있는 이는 아무도 없다고 주장하고 있다. 「불어오는 바람 속에」에서도 잘 알 수 있듯이 그의 가사는 우리에게 손쉬운 답을 속삭이는 대신 (아마도 없을 정답을) 함께 생각하도록 만들고, 그런 점에서 시대를 초월하는 보편성을 획득한다. 우리는 그가 다룬 사건들이 이제 더는 회자되지 않는 시대를 살고 있음에도 그 가사를 듣고 나면 사회의 한 구성원으로서 불현듯 모종의 죄책감을 느낀다. 시간은

흘렀어도 시대의 모습은 지금이라고 그 시대와 크게 다르지 않기 때문인데, 세상이 쉽게 변하지 않는다는 것은 딜런이 늘 해왔던 생각이기도 하다. 그는 쉽게 답을 내리려는 자들, 규정하려 드는 자들을 혐오했다. 활동을 시작한 지 얼마 지나지 않아 그는 대중/미디어가 자신에게 씌운 틀에서 벗어나기 위해 발버둥치기 시작한다. 그후로도 쭉 계속될, 평생에 걸친 도망이 본격적으로 시작된 것이다.

그는 가장 정치색이 농후했던 앨범《시대는 변하고 있다》(1964)를 발표한 직후《밥 딜런의 또다른 면》(1964)이라는 노골적인 제목의 앨범을 내놓음으로써 이전과는 전혀 다른 면모를 보여주는 가사들을 선보인다. '개인' 밥 딜런에 관한 목소리를 내기 시작한 것이다. 「나의 뒤페이지들」에서는 ""모든 혐오를 없애자," 난 소리쳤지/삶이 흑과 백으로 나뉜다는 거짓말이/내 머릿속에서 튀어나왔어 (…) 그때 난 훨씬 더 늙었었네/지금은 그때보다 더 젊지"라고 말하며 자신에게 '시대의 목소리' 역할을 덮어씌우려 하는 흑백론자들과 그에 동조했던 자신을 비판한다. 그가 보기에 삶이란 전적으로 옳거나 그르다고 딱 잘라 말하기에는 너무나도 복잡한 것이었다.

이 앨범에는 직전까지의 앨범에서와 달리 신문에서 접한 사건을 소재로 한 작품(고유명사가 제목에 등장하는)이 하나도 없는 대신, 그의 연애사를 소재로 한 소위 '사랑 노래'가 대거 수록되어 있다. 그렇다고 해서 흔한 사랑 노래처럼 달콤한 목소리, 혹은 징징 짜는 목소리를 내는 것은 물론 아니다. 우디 거스리를 영웅으로 삼았던 사람답게 가장 개인적인 소재를 다룰

때도 비판의식을 놓지 않는데, 「라모나에게」에서는 "네 머리는/ 뒤틀리고 세뇌당했구나/누가 쓸데없이 입에 문 거품으로 말이 야 (…) 넌 속아넘어간 것 같아/끝이 머지않았다는 생각에 빠 지도록 말이야"라고 남들의 생각에 놀아나는 상대방을 조롱조 로 비판하는 한편, 그 사람을 놀아나게 한 다른 사람들까지 함 께 겨냥하고 있다. 훨씬 뒤에 발표한 「말쑥한 아이」에서도 "그 들은 그애 머릿속에 생각들을 주입시켰고, 그앤 그게 자기 것 인 줄로만 알았지"라고, 비슷한 내용이 반복되고 있다.

그의 신랄한 목소리는 일렉트릭 기타를 들면서 최고조에 이 른다. 돈 때문에 일렉트릭 기타를 들었다고 그에게 욕을 퍼붓 던 포크 팬들을 향한 반항심도 한몫했던 것일까. 1966년 맨체 스터 공연에서는 "변절자(Judas)!"라고 소리치는 관객에게 "난 당신 안 믿어, 당신은 거짓말쟁이야(I don't believe you, you' re a liar)"라고 담담하면서도 성난 어조로 답하고는, 밴드 멤 버들에게 "귀가 떨어져나가게 해주자고(play it fucking loud)" 주문한 뒤 「구르는 돌처럼」을 불렀다. 그가 쓴 가장 신랄한 가 사들 중 하나일 이 노래에서 딜런은 오만하던 공주님을 불쌍하 기 짝이 없는 부랑자로 만들어버린 다음, 조롱과 한탄 섞인 목 소리로 대중음악사에 길이 남을 질문 아닌 질문을 던진다. "기 분이 어때/기분이 어때/사방 어디에도 돌아갈 집 없이/혼자가 된 기분이?" 「얄팍한 남자의 발라드」에서는 "여기서 뭔가 일어 나고 있는데도/당신은 그게 뭔지 모르거든/그렇지, 미스터 존 스?"라며 "손에 연필을 하나" 든, "정보를 물어다줄/벌목꾼들 을/많이 알고" 있는 (어쩌면 언론인일 수도 있을) 남자를 비아

낭거린다.

그후 그는 컨트리, 가스펠 등 더 다양한 장르로 자신의 범위를 넓혀가면서도 사회를 보는 날카로운 비판의식을 놓지 않는다. 가령 「허리케인」에서는 흑인 권투선수 루빈 카터를 희생양으로 내몬 백인 사회를 비난하면서 특히 거짓 언론에 대한 뿌리깊은 적개심을 드러낸다. "그리고 신문들이 거기 동참했다네/어떻게 한 사람의 인생을/바보들 몇몇이서 쥐락펴락할 수 있지?"라며 분노하는 것이다. 그리고 말한다. "어쩔 수 없이 부끄러워졌어, 내가 이 땅에 살고 있다는 사실이". 1976년에 발표한 작품이지만 전하는 메시지는 현재를 살아가는 우리의 현실과도 공명한다. 하지만 그의 비난은 다만 비난에 그치지 않는다. 대답보다 질문을 중요하게 여기는 사람으로서, 그는 "깨어나자마자 당신은 훈련된다/가급적 쉬워 보이는 해결책을 선택하게끔"(「정치적 세계」 중에서)이라고 말하며, 진정으로 해결을 위한다면 무척이나 어려운 길을 갈 수밖에 없다는 사실을 우회적으로 주장하고 있다.

이처럼 그의 노래에는 많은 메시지들이 담겨 있지만 그럼에도 결국 그에게 중요한 건 노래 자체와 그것을 담은 앨범들, 그리고 그것을 실제 무대 위에서 여러 방식들로 구현하면서 팬들과 만나는 것이다. 한편, 그때그때 다른 (목)소리를 낸다는 것은 정본이 없다는 말도 된다. (이 책을 밥 딜런 자신이 검수했을 것임에도 불구하고) 원서에 수록된 가사의 원문이 앨범의 그것과 다른 경우가 종종 있었다. 그냥 조금 다른 것이 아니라 절의 순서가 다르거나 아예 몇 절이 빠져 있거나 전혀 다른 절로 대체되어 있거나 하는 경우들 말이다. 때로는 의도로 느껴지고 때로는 실수로 느껴지기도 하는 이런 경우, 딜런은 대체 무슨 생각이었던 것일까? 나는 그것이 턴테이블 시인만이 가진 여유와 자유로움이라고 느낀다. 그러니까 앨범(혹은 이 책의 원서)에 실린 곡/가사들이 정본이고 무대에서 다르게 불린 곡들이 이본이라기보다는, 전자는 (우연히) 최초로 기록되었을 뿐인 형태에 불과한 것이 된다(그는 녹음에 그리 많은 시간을 들이지 않는다고 한다). 인쇄된 시를 읽다가 그것을 '틀리게' 읽으면 다시 '정정'해서 읽는 시인들과는 얼마나 다른가? 때로는 원곡의 흔적을 거의 찾아볼 수 없을 정도로 자유로워진 노래들. "더 많이 죽을수록, 난 더 많이 살아"(「피의 대가」 중에서). 턴테이블 시인은 하나의 시를 죽이면서 무수히 많은 시를 만들어낸다.

마지막으로 그의 시들이 대개 라임(rhyme)을 맞추고 있음을 지적해야 할 것이다. 구전 전통에서는 당연히 글자 수와 여러 운을 맞춘다. 그렇지 않으면 외울 수 없기 때문이다. 라임의 역할은 그것 말고도 또 있다. 때로는 장황하고 때로는 전혀 무관해 보이기까지 하는 언설들을 한자리에 모아주는 기능. 시가 라임을 지닌다는 건, 마치 서로 다른 것을 양손에 동시에 들고 있(을 수 있다)는 것과도 같다. 시 전체에서 봤을 때, 촘촘한 라임 형식(rhyme scheme)은 시 속에 담긴 내용들이 밖으로 쏟아지지 않도록 지탱해주는 외골격과도 같은 역할을 한다.

정교한 라임들로 엮인 시를 번역한다는 것은 위의 상황에서 양손을 다 놓고 외골격을 제거해버리고도 그것이 동일한 시라고 주장하려는 것과 크게 다르지 않다. 한마디로 어불성설일 수 있는데, 그럼에도 불구하고 이 번역이 무의미하다고 말할 생각은 없다. 이 책은 밥 딜런의 목소리가 우리에게 더 잘 들릴 수 있게 거들어주는 턴테이블 시집의 속지 역할을 한다. 그리고 두꺼운 속지 없이 그의 목소리에 귀기울이기란 여간해선 쉬운 일이 아니다.

(밥 딜런 시선집 2 『하루 더 많은 아침』에 계속)

난 자유로워질 거야
붉은 날개의 장벽
누가 데이비 무어를 죽였나?
일곱 가지 저주
난 자유로워질 거야 No. 10
라모나에게
모터사이코 나이트메어
나의 뒤페이지들
구르는 돌처럼
얄팍한 남자의 발라드
다시 찾은 61번 고속도로
제발 좀 창밖으로 기어나와주지
　않겠니?
어느 날 아침 내가 밖으로 나갔
　을 때
망루를 따라서
프랭키 리와 유다 사제의 발라드
부랑자의 탈출
지주여
사악한 전령
백만 달러짜리 파티
너무 많은 무無
허리케인
머니 블루스
느린 기차
레니 브루스

신랑은 여전히 제단에서 기다리고
　있어
문제
말쑥한 아이
붉은 하늘 아래
TV에 대해 떠드는 노래
둘둘씩
트위들 디와 트위들 덤
산 위에 천둥이
노동자의 블루스 #2
만일 휴스턴에 가게 된다면
문제없어
피의 대가
진홍빛 마을

베어마운틴 피크닉 대참사 토킹블루스Talking Bear Mountain Picnic Massacre Blues Copyright © 1962, 1965 by Duchess Music Corporation; renewed 1990, 1993 by MCA

부랑자의 탈출Drifter's Escape Copyright © 1968 by Dwarf Music; renewed 1996 by Dwarf Music

붉은 날개의 장벽Walls of Red Wing Copyright © 1963 by Warner Bros. Inc.; renewed 1991 by Special Rider Music

붉은 하늘 아래Under the Red Sky Copyright © 1990 by Special Rider Music

사악한 전령The Wicked Messenger Copyright © 1968 by Dwarf Music; renewed 1996 by Dwarf Music

산 위에 천둥이Thunder on the Mountain Copyright © 2006 Special Rider Music

시대는 변하고 있다The Times They Are A-Changin' Copyright © 1963, 1964 by Warner Bros. Inc.; renewed 1991, 1992 by Special Rider Music

신랑은 여전히 제단에서 기다리고 있어The Groom's Still Waiting at the Altar Copyright © 1981 by Special Rider Music

얄팍한 남자의 발라드Ballad of a Thin Man Copyright © 1965 by Warner Bros. Inc.; renewed 1993 by Special Rider Music

어느 날 아침 내가 밖으로 나갔을 때As I Went Out One Morning Copyright © 1968 by Dwarf Music; renewed 1996 by Dwarf Music

에밋 틸의 죽음The Death of Emmett Till Copyright © 1963, 1968 by Warner Bros. Inc.; renewed 1991, 1996 by Special Rider Music

일곱 가지 저주Seven Curses Copyright © 1963, 1964 by Warner Bros.

**옮긴이 서대경**
한양대학교 영어영문학과를 졸업했다. 2004년『시와세계』로 등단해 시인이자 번역가
로 활동하고 있다. 시집『백치는 대기를 느낀다』로 제20회 김준성문학상을 수상했다.
옮긴 책으로『등에』『창세기 비밀』등이 있다.

**옮긴이 황유원**
서강대학교 종교학과와 철학과를 졸업했으며 동국대학교 대학원 인도철학과 박사과정
을 수료했다. 2013년『문학동네』신인상으로 등단해 시인이자 번역가로 활동하고 있다.
시집『세상의 모든 최대화』로 제34회 김수영문학상을 수상했다. 옮긴 책으로 밥 딜런
그림책『그 이름 누가 다 지어 줬을까』『불어오는 바람 속에』가 있다.

밥 딜런 시선집 1

## 다시 찾은 61번 고속도로

초판인쇄  2017년 11월 1일 │ 초판발행  2017년 11월 13일

지은이  밥 딜런 │ 옮긴이  서대경 황유원 │ 펴낸이  염현숙
책임편집  고선향 │ 편집  이현정
번역자문  제이크 르빈
디자인  김현우 유현아 │ 저작권  한문숙 김지영
마케팅  방미연 함유지 강하린 │ 홍보  김희숙 김상만 이천희
제작  강신은 김동욱 임현식 │ 제작처  영신사

펴낸곳  (주)문학동네
출판등록  1993년 10월 22일 제406-2003-000045호
주소  10881  경기도 파주시 회동길 210
전자우편  editor@munhak.com
대표전화  031) 955-8888 │ 팩스  031) 955-8855
문의전화  031) 955-8889(마케팅)  031) 955-1917(편집)
문학동네카페  http://cafe.naver.com/mhdn │ 트위터  @munhakdongne

ISBN  978-89-546-4876-9 04840
       978-89-546-4875-2 (세트)

**www.munhak.com**

## 밥 딜런: 시가 된 노래들 1961-2012 | 영한대역 특별판(양장)
### 서대경·황유원 옮김

2016년 노벨문학상이 가수 밥 딜런에게 돌아갔다. 음악이라는 분야 안에서 뛰어난 문학성을 실현해냈다는 평가와 함께 사상 최초로 음악가에게 상이 수여됐다. 그의 작품을 집대성한 이 책에는 데뷔 앨범 《밥 딜런Bob Dylan》(1962)에서 《폭풍우Tempest》(2012)까지 31개 정규 앨범에 수록된 작사곡 전곡과, 활동 초창기에 썼거나 정규 앨범에 수록되지 않았던 99곡까지 포함해 총 387곡이 실려 있다. 독보적으로 구축해온 밥 딜런의 세계를 만날 수 있는 유일하고 결정적인 작품집이다.

### 25세의 청년 밥 딜런을 만나다
## 타란툴라
### 공진호 옮김

음악계의 전설 밥 딜런이 쓴 단 하나의 픽션
의식의 흐름 기법으로 쓰인 시적 산문과 가사의 조합

"사실 인생은 읽을거리에 지나지 않는다
& 담배에 불을 붙일 무엇에 지나지 않는다……"

"세상은 잠시도 멈추지 않았다 — 다만 폭발했을 뿐"

"그러나 세상은 어쨌든 음악을 듣지 않는 자들이 지배한다"

"이런 바보! 그래서 네가 혁명을 하려는 거구나!"

초판 출간 당시 "윌리엄 버로스의 『벌거벗은 점심』과 유일하게 비견할 만한 책"(뉴욕타임스)이라 평가받으며 화제의 중심에 섰던 『타란툴라』는 밥 딜런의 첫 '문학 작품'이자 유일한 픽션이다. 시적 산문과 노랫말이 조합된 이 실험적 소설은 밥 딜런을 '거리의 음유시인'이게 한 수많은 노랫말이 탄생하기까지 그의 머릿속 생각을 여과 없이 옮겨놓은 상상의 보고이자 수많은 페르소나의 각축장이며, 베트남 전쟁과 인권운동, 창조적 갈등의 소용돌이 속에서 환상을 보는 초현실주의적 서사시의 콜라주다. 시기적으로는 그의 포크록 3부작을 탄생시킨 작업 시기와 집필 시기가 겹쳐, 밥 딜런 명곡들의 흔적이 곳곳에 배어 있다. 그의 '창작 과정'에 관심 있는 이들에게는 갈증을 해소시켜주는 책이 될 것이다.